녹턴

Nocturnes
by Cécile WAJSBROT

이 도서의 국립중앙도서관 출판시도서목록(CIP)은
e-CIP홈페이지(http://www.nl.go.kr/cip.php)에서 이용하실 수 있습니다.
(CIP제어번호 : CIP2006000494)

세실 바즈브로 소설 | 홍은주 옮김

녹턴

문학동네

'울타리 밖의 바람둥이' 쥘마와, 1루이를 기억하며

—트리스탕 코르비에르

차례

페리의 밤

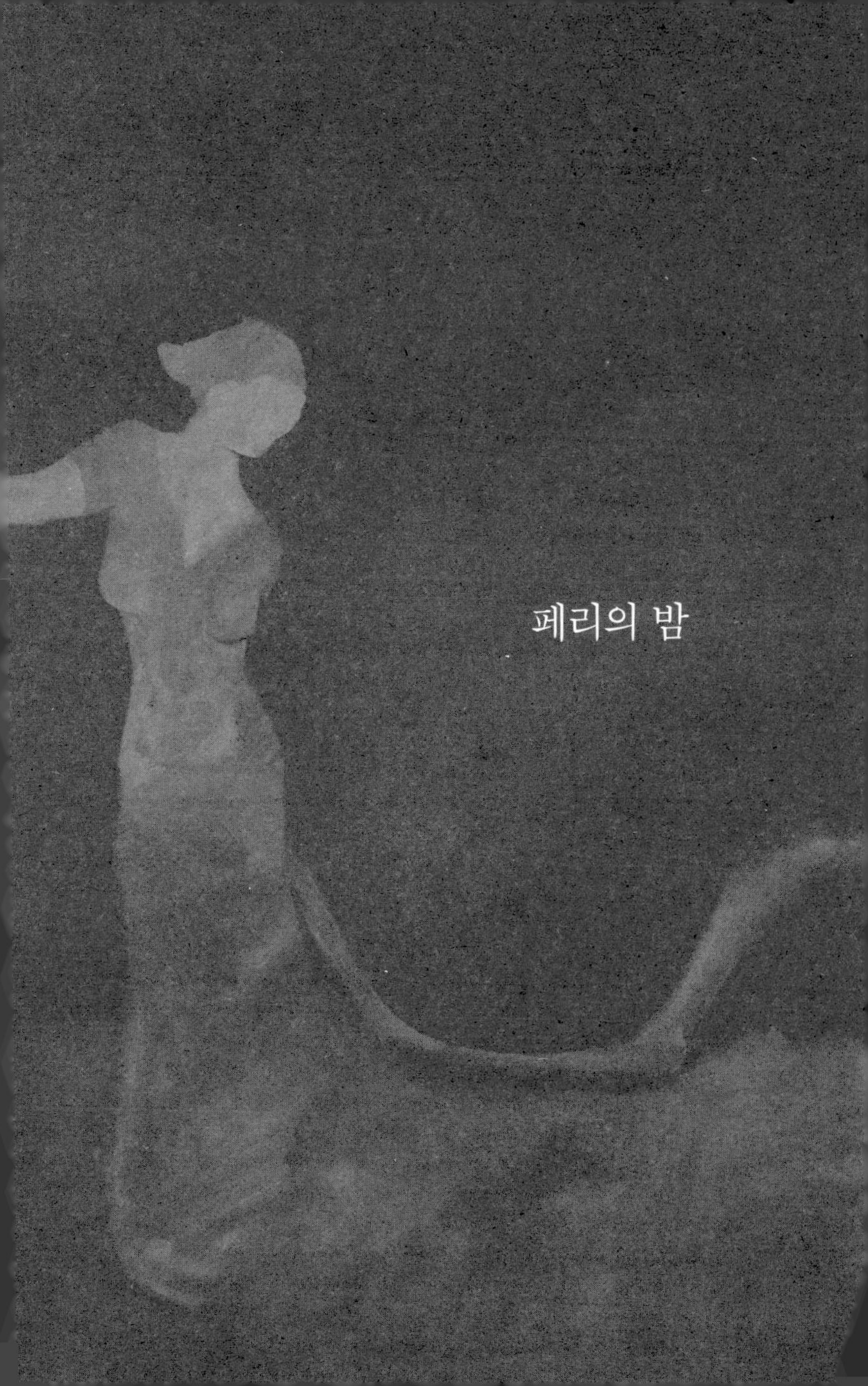

선술집이나 카페나 콘서트 홀보다는 페리의 야간 항해 때 연주하는 것이 나는 더 좋았다. 움직이는 배와 흐르는 음악 사이에 일종의 친밀감이, 아마 리듬이라 할 만한 어떤 불가해한 관계가 생겨나기 때문이다. 항로는 탈린*에서 스톡홀름까지, 그러니까 해가 떴다 지는 것처럼 동쪽에서 서쪽으로 이동하는 노선이 특히 마음에 들었다. 비록 보이지는 않아도 핀란드의 해안선을 따라가며 멀찌감치 육지가 존재한다

* 에스토니아의 수도.

는 걸 느끼는 것도 좋았고, 그러다 북극권으로 진입한다는 신호인 동시에 스스로도 이미 북극의 뭔가를 품고 있는 바다로 서서히 접어드는 것도 좋았다.

그날 저녁에도 다른 날과 마찬가지로 우리 넷은 거기 있었다. 바람이 여느 때보다 거칠었지만 드럼, 색소폰, 기타, 그리고 내가 담당한 콘트라베이스가 연주를 시작했다. 모여든 청중은 평소보다 적었고, 바에서 간간이 들려오는 병과 유리잔들 부딪히는 소리가 폭풍을 예고하고 있었다. 결국 승객들이 하나둘 일어나 벽에 몸을 기댔고, 우리도 연주하는 게 점점 어려워졌다. 배는 예측할 수 없이 제멋대로 기울었다 다시 일어서고 또다시 기울었다.

우리는 묵묵히, 별일도 아니란 듯 느릿느릿 악기를 정리했다. 어디로 보나 그럴 가망이 없었지만, 잠시 후 연주를 재개할 수 있기를 바라면서 악기를 홀에 남겨두었다. 그리고 휘뚝거리는 몸을 가까스로 다잡으며, 불안과 호기심이 뒤섞인 얼굴로 몰려가는 엄청난 인파에 휩쓸려 계단을 올라갔다.

늘 그랬던 것처럼, 승선하기 전에 나는 배를 바라보면서 크기를 가늠했다. 배는 밤이 오면 환히 불을 밝힐 테지만 아직은 캄캄한 채였다. 그것은 마치 거리 안쪽을 향해 빗장을 가로지르고 있는 항구의 어느 건물처럼 보였다. 바다는 번들거리는 회색을 띠고 있었고, 괴물의 입김 같은 파도가 사방에서 일어나 수면을 내달리고 있었다. 그렇지만 나는 겁나지 않았다. 처음 겪는 폭풍도 아닐뿐더러 추분 무렵의 그런 거센 바닷바람에 어떻게 대처해야 하는지는 알고 있었다.

우리 넷은 이 년 전부터 페리에서 연주했다. 밖에서 따로 만나거나 뭍에서, 그러니까 페리의 청중보다는 한정된 국적의 사람들 앞에서 연주할 때도 있었지만, 우리가 속을 털어놓으며 서로 아는 사이가 된 것은 바다 한복판에서였다.

인파에 떠밀려 우리는 계단에서 흩어졌다. 밖에선 거센 바람이 불었고, 배는 또 기울었다. 다들 세상의 종말이라도 온 것처럼 도망쳤지만 나는 이상할 정도로 침착했다. 나는 사람들이 모인 곳으로 나아갔다. 구명대가 배포되자 어떤 사람들은 머뭇거리면서, 또 어떤 사람들은 결연하게 페리 옆구리에 매달린 구명 뗏목을 향해 뛰어내렸다. 나는 보지 않고도 본 것보다 선명하게 그들의 움직임을 느낄 수 있었다. 구명대는 재빨리 바닥났고 몇 발짝 떨어진 곳에서는 한 승무원이 구명 보트를 풀려고 애쓰고 있었다. 배가 더 기울었다. 그래도 아직은 바다 위에 떠 있었다. 나는 보트 줄을 풀고 있던 승무원을 도왔다. 그러다 문득 내 주위에 아무도 없다는 것을 깨달았다. 나는 혼자였고, 바다는 거칠게 일어났고, 사람들이 우르르 나타났다가 순식간에 사라졌다. 모든 게 비현실적으로 보였다.

배의 일부가 물에 잠겼다. 기묘한 고독감을 견딜 수 없어 마침내 나도 바다로 뛰어내리기로 했다. 다음 순간, 나는 파도에 휩쓸려 떠내려가고 있었다.

물 속은 쾌적했다. 내 몸은 바람에 부딪혀 잠시 균형을 잃었지만 이내 액체처럼 부드럽게 흘러갔다. 몸을 움직일 것도 없이 물살에 몸을 맡기기만 하면 되었다. 당시의 수온이 8도였다는 것을 나중에 알았지만, 춥다는 느낌은 없었다. 나는 별 어려움 없이 구명 뗏목에 다다랐다.

뗏목 위의 사람들은 핀란드 쪽에서 보내올 구조대를 기다리고 있었다. 육지는 너무 멀지도 그다지 가깝지도 않은 듯했지만, 여하튼 버텨야 했다. 말을 하는 사람은 아무도 없었다. 그들은 제각기 입을 다문 채 자기들 생의 한복판에 있는 것이리라. 나는 동료들을 떠올렸다. 어디 있을까? 다른 뗏목? 구명 보트? 아니면 벌써 물이 삼켜버렸을까? 인파에 떠밀려 우리는 흩어졌고, 저 위 갑판에서 본 세상은 우리가 알던 세상과는 너무나 달랐다.

점점이 흩어진 뗏목의 불빛들이 밤바다 위에서 흔들거리고 있었다. 그것은 떠 있는 묘지의 도깨비불이거나, 살아 있는 시체들이 무덤에 올라앉아 벌이는 기묘한 회합과도 같았다. 갖가지 언어로 튀어나오는 목소리와 외침과 비명이 한 점으로 모였다가 다시 흩어지면서 메아리의 다리를 만들었다. 빛과 소리만 살아남고 사람들은 사라질 세상으로 나를 데려갈 다리를. 뗏목 위의 사람들은 내 상상 속에서 태어난 조용한 유령들이거나, 내가 열심히 찾고 있지만 실은 빌려준 것도 받을 것도 없는, 나의 사라진 동료들로도 보였다. 육지는 아예 존재한 적도 없는 것 같았고, 페리는 이제 막 물밑으로 가라앉은 후였다.

오 년 전, 이런 불길한 운명을 예감이라도 하듯 다소 불안해하면서 들어갔던 악기 가게에서 손에 넣은 내 콘트라베이스를 포함한 우리 악기들도 같이 수장됐다. 비슷한 악기들이 여럿 있었지만 나는 굳이 가게 뒤편 구석에 처박혀 있던 그놈을 끄집어냈었다. 가게 주인은 줄을 바꿔야 한다며 그러자면 시간이 걸릴 거라고 했다. 몸통의 가벼운 흠집은 별거 아니라는 말도 덧붙였다. 악기의 내력을 묻자 주인은 자세한 건 모르겠고 어쨌든 지난 세기 중반쯤에 독일에서 만들어진 거라고 했다.

그무렵 나는 빌린 악기로 연주하고 있었다. 내가 이 도시 저 도시, 이 나라 저 나라를 떠돌며 빌려온 삶들을 살던 것과 마찬가지였다. 그래도 지속적으로 하는 일이 하나 있다면 그건 음악이었는데, 그나마 빌린 음악, 그러니까 대체 뭘 골라잡아야 할지 몰라 모든 스타일을 다 뒤섞은 음악이었다.

콘트라베이스를 찾으러 간 날 내 삶은 확 바뀌었다. 나는 내가 원했던 것이 무엇인지를 알게 되었다.

나는 킬*에 정착했다. 그곳은 발트 해를 오가는 페리와 화물선들 사이로 먼 바다의 공기가 느껴지는 항구였다. '브레멘의 음악대' 처럼 나는 그곳에서 그룹의 멤버들을 차례차례 만났다. 드럼 주자, 다음엔 색소폰 주자, 마지막으로 기타 주자. 우리는 킬의 선술집에서 연주했는데, 어느 날 저녁 한 사내가 찾아왔다. 선주(船主)라는 그 사내는 선박 회사를 차려 새 노선을 개설할 예정이었고, 그 배에서 연주할 사람들을 찾고 있었다.

배 한복판에서 보낸 저녁들은 우리에게 특별한 시

* 독일 북부의 항구도시.

간이었다. 우리는 연주가 끝나면 악기를 정돈하고 밤늦도록 이야기를 나누었다. 선술집이나 콘서트 홀의 청중은 어둠 속에서 엇갈려 지나가는 그림자에 불과했지만 페리의 청중은 그렇지 않았다. 그네들이 가는 길에 우리도 동반하는 느낌이었다. 그네들의 삶과 그네들의 여행을 생각하는 연주는 우리 마음을 흩어놓기는커녕 음악의 본질로 이끌었다. 그걸 알고 있었기에 우리는 페리에서의 연주를 더욱 즐겼다.

문득 아무 소리도 들리지 않는다는 걸 나는 깨달았다. 내 생각에 빠졌던 탓에 언제부터 그렇게 잠잠해졌는지는 알 수 없었지만 분위기가 바뀌어 있었다. 체력을 온존하려면 입을 다물고 웅크리고 있는 게 좋다는 걸 다들 알아챘거나, 아니면 소리 지를 기력이 남은 사람이 아무도 없었던 것이리라.

그 완전한 침묵 속에서 나는 오래 전 끄적이다 만 어느 악곡의 선율을 다시 들었다. 킬 항으로 면한 내 방 선반 위에 쌓여 있던 미완성의 악보들, 다들 뱃고동을 울리며 떠나는데 나만 그곳에 고여 있는 기분이

들어 어느 날 요란한 뱃고동 소리를 들으며 찢어버린 그 악보에 있던 멜로디였다.

작곡을 포기하자 내 연주는 한결 좋아졌다. 다들 그렇게 말했다. 마치 내 뱃속의 광맥에서 뭘 캐내기를 단념한 덕에 타인들이 주는 것을 받게 된 것 같았다. 내 삶의 사건들, 그리고 오선지에 그리려고 애태울 때는 도무지 표현할 수 없었던 내 생각의 움직임은 타인들의 경험 안에서 빚어지고 다듬어지고 변화되어 밖으로 나왔다.

헬리콥터가 날아와 사람들을 끌어올렸다. 구조대의 열기, 의료진의 검사 따위는 나와는 아무 상관도 없는 일처럼 보였다. 사고는 정말로 일어났고, 실제로 몇 장면은 기억에 남아 있었지만, 그런데도 나는 아무 느낌이 없었다.

그후에는 계속해서 전처럼 살아보려고 애써야 했다. 하지만 삶에는 후편(後篇)이 없었다. 동료들은 모두 죽었고, 새 멤버를 구해 다시 그룹을 결성한다는 건 불가능해 보였다. 있다가 사라진 것을 다시 만든다는 건 생각도 못할 일이었다. 설령 넷이 고스란히 살아남았다 해도 나는 어떻게 해야 할지 몰랐을 것이다.

나는 킬의 거리거리를 걸었다. 숱한 페리의 숱한 뱃고동이 울릴 때마다 그날의 장면들이 너울거렸다. 집을 옮길 생각도 해봤고 다른 도시로 떠날 생각도 해봤다. 아예 내륙으로 갈까, 아니면 항구 주변을 어슬렁거리지 말고 이 도시의 한복판, 그러니까 대개의 도시가 그렇듯 우체국 뒷전에 엉켜 있는 골목들 어디쯤에 숨어버릴까 하는 생각도 해봤다. 그런데 이곳은 물론이고 다른 어디에서도 살아야 할 이유가 내게는 없었다. 이유를 붙일 수 있는 것이 아무것도 없었다. 나는 살아남기 위해 해야 하는 일들을 했지만, 왜 그래야 하는지는 알지 못했다.

페리의 텅 빈 바에서 이야기를 나누거나 연주를 하면서 많은 시간을 보내놓고도 나는 동료들에 관해 아는 게 별로 없었다. 동료 하나가, 꽤 미인이지만 오래 전에 떠난 고국에서의 몇 년 때문일 성싶은 상흔을 간직한 여자와 결혼했다는 것, 나처럼 독신인

나머지 둘은 극도로 고독한 시기와 누군가와 연애를 하는 시기를 주기적으로 넘나든다는 것이 내가 아는 전부였다.

나는 드럼 주자의 아내에게 전화를 걸어 어떻게 지내는지 묻거나 사고가 있던 날 밤의 이야기를 해줄 생각 같은 건 없었다. 여자도 내게 전화를 하지 않았다. 아마 나도 자기 남편처럼 죽은 줄 알 것이다. 어차피 우리는 몇 번 만난 적도 없었고, 만났어도 채 몇 마디 나누지 않은 사이였다. 그 여자의 고통이 여자를 다른 시대, 다른 세상 사람처럼 만들어놓은 듯했다. 그런데 어느 날 나는 그 여자를 떠올렸다. 이틀 밤을 연달아 전화했지만 여자는 받지 않았다. 이사를 했거나 도시를 옮겼거나 고향으로 돌아갔는지도 모를 일이었다.

세번째로 전화했을 때 남자가 전화를 받았다. 순간 나는 사람들이 의외로 빨리 파트너를 바꾸는 모양이라고 생각했지만, 그는 자신이 여자의 친구이고 그녀는 여전히 킬에 살고 있다며 새 전화번호를 일러주었다.

여자는 전화벨이 한 번 울리자 마치 전화기 뒤에서 기다렸다는 듯 수화기를 들었다. 고독하다는 신호처럼 느껴졌다.

"누구세요?" 여자가 말했다.

"콘트라베이스 주자요."

"이제야 전화를 하셨군요."

나는 여자가 뭔가 착각했다고 생각했다. 나를 다른 사람과 혼동했거나 잘못 알아들은 것이라 믿었다. 무슨 말을 어떻게 해야 할지 알 수 없었다. 하지만 침묵은 우리를 갈라놓기는커녕 오히려 하나로 묶어놓고 있었다. 어느 쪽도 전화를 끊지 않았다. 나는 여자의 숨소리를 들었다. 여자가 먼저 말을 꺼냈다.

"줄곧 기다렸어요."

"어떻게 알았습니까?"

"신문을 봤으니까요. 전화벨이 울렸을 때 당신인 줄 알았어요."

"내가 살았다는 걸 알고 있었어요?"

"잡지에서 봤어요. 무슨 잡지인지는 잊어버렸지만."

"그래요, 잡지사 기자들한테 몇 마디 대답해준 건 사실입니다. 대신 기사는 하나도 안 읽었죠. 뭐라고 썼던가요?"

"별 대단한 건 아니에요. 연주자 그룹이 있었는데 콘트라베이스 주자만 살아남았다고, 그리고 그가 구명조끼를 나눠줬다고."

"우린 갑판으로 올라가던 길에 뿔뿔이 흩어졌어요, 워낙 떠밀리는 바람에…… 내 연락을 기다렸습니까?"

"당신한테 전화가 와야 했어요, 제대로 닫으려면……"

"뭘 닫아요? 상처를?"

"고리를요."

무슨 말인지도 모르면서 나는 납득할 것도 같았다. 그렇다고 여전히 거리감이 있는 여자에게 그게 무슨 소리냐고 캐물을 수는 없었다. 전화를 한 건 여자를 위해서였던가, 나를 위해서였던가.

나는 그 조난 사고에 대해 일절 말하지 않았다. 이따금 떠올릴 때는 있었어도 그걸 입에 올린 적은 없었다. 처음엔 주변에서 이것저것 물었지만 나는 아예 대답을 않거나 겨우 한두 마디만 웅얼거렸다. 결국 그들은 나를 내버려두었다. 그래도 여전히 그들 속에 도사리고 있는 질문들이 들려왔다. 나는 다른 사람들, 요컨대 내가 모르는 사람들, 내게 아무것도 묻지 않는 사람들을 만나고 싶었다. 그런데도 나는 여자에게 전화를 했다. 그건 여자의 말처럼 고리를 닫기 위해서였을까, 아니면 내 뱃속에 가라앉아 있는 어떤 것과 평화를 맺기 위해서였을까?

"힘들어요, 이런 식으로 사라져버리면. 그 사람을 위해 묵상할 장소가 아무 데도 없으니까요. 이따금 그 사람을 생각해요. 아니, 생각한다기보다는 그 사람이 불쑥 나타나거나 내 삶에 끼어들 때가 있어요. 만일 아직 내 삶이란 게 존재한다면 말이에요. 당신 생각을 할 때도 있어요." 여자가 말했다.

"나를요?"

"살아남는다는 건 쉬운 일이 아닐 거예요."

"살아남는 건, 자동으로 되는 일입니다. 그렇지만 산다는 건……"

"바로 그런 뜻으로 한 말이에요."

"그럼 당신은요?"

"난 오래 전부터 습관이 됐어요."

그 여자는 살아남은 여자였다. 나는 그것을 일찌감치 알아챘었다. 그래서 전화를 했던 것이다. 여자가 내게 설명해주기를, 자신의 경험을 조금이나마 나누어주기를 바라면서. 하지만 여자는 아무것도 말해주지 않았다. 다만 뭔가를 겪고 살아남은 사람들이 대개 그렇듯 이상할 정도로 침착할 따름이었다. 나는 여자의 말을 들으면서 아마 나도 언젠가는 똑같은 침착성, 똑같은 목소리를 갖게 될 것이라 생각했다.

여자와 더 많은 이야기를 하고 싶었던 건지도 모르겠다. 여자와 나란히 밤길을 산책하고 항구에서 새벽을 맞으며 첫 태양빛과 잠든 짐승처럼 비밀스레 쉬고 있는 배들을 보고 싶었는지도, 아니면 그저 여자를 만나고 싶었는지도 모르겠다. 그렇지만 여자와 나는 침묵 속에서 더 편안했다. 한순간 나는 그날 우리 연주가 유난히 훌륭했다고, 무슨 예감이라도 한 것처럼 드럼 연주가 특히 좋았다고 말하고 싶어졌다. 사실 그날 우리는 균형을 잡기에 바빴고, 유리잔 깨지는 소리가 묻히게끔 크게 연주하는 것 외에는 아무 생각도 할 수 없었다.

그무렵 나는 종종 꿈을 꾸곤 했는데 그 꿈의 첫머리가 절대 잊혀지지 않았다. 지진이 일어나 사람들이 사방으로 내달린다. 그들은 제각기 자기 삶의 일부분을 움켜쥔 채, 그러니까 가방이나 보퉁이 따위를 들고 뛴다. 폐허, 파편, 끝없이 이어진 진흙 벌판도 보인다. 사람들이 줄 지어 서 있다. 어느 국경인 것 같다. 그들의 낯빛은 초췌하고 들판에는 풀 한 포기 없다. 옛날에는 유목민이 살았을 불모의 그 들판은 흰 천막들이 뒤덮인 피난민들의 땅이 되어 있다.

사람들이 몰려와 이것저것 묻고 갔다. 기자들은 내게 똑같은 이야기를 수도 없이 되뇌게 만들었고, 되뇌면 되뇔수록 그 장면들은 비현실적인 것이 되었다. 생존자들과 상담하고 그들을 일상생활에 복귀시키기 위해서라며 카운슬러들도 찾아왔다.

“당신은 말을 해야 합니다. 그래야 정신적 외상을 극복할 수 있어요.”

“아마 아직도 살아 있다는 확신이 들지 않을 겁니다. 지극히 정상적인 일이에요.”

“죄책감을 느끼시겠죠. 누구나 겪는 일이랍니다.”

그 밖에도 기타 등등. 그들, 아무것도 겪지 않은 그들이 뭐든지 그려내고 무슨 말이든 할 수 있는 데 반해 나는 아무 말도 할 수 없었다. 그리고 그네들이 사라져 대화가 멈추었을 때, 비로소 나는 말이 하고 싶어졌다. 그래서 드럼 주자의 아내에게 전화를 했던 것이다.

나는 우체국이 있는 거리를 걷고 있었다. 전후에 지어진 그 현대식 회색 건물은 도도하고 호화로운 상점들이 늘어선 보행자 전용 골목길들이 시작되는 광장 쪽으로 나 있었다. 나는 쇼윈도 앞의 여자를 알아보았다. 큰 키와 호리호리한 몸매, 그리고 다른 시대에서 온 것처럼 불확실한 발걸음. 여자는 숲 한복판에 나타난 기이한 칡덩굴 같았다. 드럼 주자는 이따금 그 여자 이야기를 했었다. 여자는 분명히 별난 사람이었는데, 그런데도 우리들 모두와 조금씩 닮은꼴이었다.

길에서 여자의 이름을 소리쳐 부르고 싶지 않았으므로 나는 뛰어갔다. 그리고 그녀의 뒤에서 어깨에 손을 얹었다.

"당신이군요." 여자가 말했다.

나는 여자가 나를 알아보기나 할까 혼자 걱정했었다.

"커피? 아니면 코코아를 한잔 드시겠어요?"

겨울이었다. 첫눈이 이미 오래 전에 내렸고 아직은 바다에 안개가 끼지 않는, 맑고 햇빛 좋은 전형적인 1월의 날씨가 이어지던 때였다. 나는 온갖 분야로 일을 구하러 다녔지만 그럴 듯한 것을 찾아내지 못하고 페인트칠이나 건물 청소, 수리 따위의 일을 하고 있었다. 그러는 사이 세상과 내 삶의 모든 것이 구석구석 낡아 보였다.

여자는 시간이 별로 없지만 몸도 녹일 겸 코코아를 마시겠다고 했다. 나도 같은 걸 주문했다.

"뭘 하세요?" 여자가 말했다.

"일자리를 구하는 중이죠. 이따금 진짜로 구할 때도 있고요."

"길에서요?"

"길은 사람들을 만나는 장소죠, 보세요……"

"난 당신한테 드릴 게 아무것도 없어요."

하지만 당신은 일보다 더 중요한 어떤 것을 가졌을 거요, 살아가는 데 꼭 필요한 어떤 것을, 하고 나는 생각했다. 나는 재차 똑같은 침묵과 똑같은 질문 앞에서 있었다.

"스웨덴에 추모비가, 바다에서 죽은 사람들을 기리는 추모비가 세워질 거래요. 사망자들이 워낙 많았으니까요. 알고 있었나요?" 여자가 말했다.

"아뇨. 당신은 몇 살 때 떠났습니까?"

여자는 바로 알아듣지 못했다. 너무 건너뛰어 질문을 한 탓이었다.

"떠나다뇨?" 여자가 되물었다.

"당신 고국 말입니다."

"거긴 내 조국이 아니었어요. 항구였죠. 파괴된 도시요. 그단스크*라고도 하고 단치히라고도 했어요. 그러니까 사람들이 부르기 나름이었죠…… 이상한 도시죠. 전쟁이 끝나자 소수였던 독일인들이 떠나고 대신 폴란드의 여러 지방에서 사람들이 몰려왔죠. 그들은 곧 우크라이나 사람이 되었고, 그 와중에 아무도 자기들이 누군지 모르게 되었어요."

"그럼 당신은요?"

"우리 부모님은 거기 남았어요. 그 도시를 좋아했으니까요. 하지만 그들은 다른 데서 온 시늉을 했죠. 난 거기서 태어났고, 스무 살이 되어서야 내게 그때까지 불리던 이름 말고 다른 이름이 있었다는 걸 알게 됐죠. 난 그단스크를 좋아했지만 그곳을 떠나고 싶어졌어요. 부모님의 거짓말을 참을 수 없었어요."

"그래서 어떻게 했나요?"

"독일의 동쪽, 그러니까 동독으로 가서 살았어요.

* 폴란드 북부의 도시.

바닷가에서요. 내겐 바다가 필요했어요. 발트 해, 그 바다가 예전 삶에서 내게 남은 전부였어요. 이따금 한겨울의 차디찬 모래톱에 누워 그단스크를 떠올렸죠. 그러면 비로소 내가 살아 있다는 느낌이 들었어요. 동독의 벽이 무너진 후 킬로 왔어요. 여긴 뭔가 다른 게 있나 하고요."

"다른 게 있던가요?"

"여기서 그 사람을 만났고, 사랑했고, 그리고 진짜 이별을 겪어보기도 전에 잃어버렸죠. 어쩌면 여기 없었던 건 그 사람이 아니라 나였을지도……"

"그단스크에는 다시 간 적이 없나요?"

"항구에서 우연히 만난 사람에게서 부모님이 돌아가셨다는 말을 들었어요."

여자는 내 이야기를 듣고 있지 않은 것 같았다. 아니 이전에도 그녀는 사람들의 말을 한 번도 듣지 않았을지도 모른다. 여자가 간혹 내 질문에 대답을 했다 해도 그건 우연에 불과하다는 느낌이 들었다.

"이제 날 얽어매는 건 아무것도 없어요. 여기에도,

다른 어떤 곳에도. 난 돌아갈지도 모르고 또 남을지도 몰라요. 나랑 같이 가지 않겠어요?"

여자는 마치 그것이 전혀 놀랄 만한 제안이 아니라는 눈길로 나를 건너다보며 말했다.

"여기서 그단스크까지 가는 배들이 있어요."

"난 그 일 이후 한 번도 배를 탄 적이 없습니다."

나는 배를 이유로 들었지만 그것이 전부는 아니었다. 내게는 떠날 용기나 힘이 없을 것만 같았다.

"그랬겠군요. 그 점을 생각하지 못했어요."

"난 다시는 떠날 수 없습니다."

"다시는 할 수 없다는 말은 하는 게 아니에요. 나도 그단스크로 돌아가리라고는 생각한 적이 없어요."

"언제 떠나는지, 떠나게 되면 말해줘요."

"그럴게요. 코코아 잘 마셨어요."

멀어지는 여자의 모습을 보고 싶어서 나는 조금 더 남아 있었다. 떠나는 사람의 뒷모습을 바라보는 즐거움을 나는 오래 전부터 누리지 못했다.

나는 여전히 이일 저일을 전전했고, 어떤 날은 단

하룻밤 새 아주 많은 사람들과 어울리기도 했다. 하지만 누구를 만나도, 무슨 일을 해도 욕구란 것이 일어나지 않았다. 숱한 사람들이 도망치는 꿈을 계속 꾸기는 했지만 그렇다고 내가 특별히 그단스크를 생각한 것은 아니었다.

그런데 어느 날 밤, 여자에게서 전화가 왔다. 그날도 나는 꿈을 꾸는 중이었는데, 한밤중인지 새벽인지도 알 수 없었다.

"나 떠나요. 그래서 약속대로 전화했어요."

여자가 말했다.

"언제요?"

"오늘 밤. 벌써 배 근처에 와 있어요."

아직 겨울이었고, 날씨가 어땠는지는 기억이 나지 않는다. 바람이 불었거나 눈이 왔거나 비가 내렸을 것이다.

"조심하세요."

갑자기 나는 바다가 무서워졌다. 그것은 한동안 잊고 있던, 페리의 밤에서 비롯된 두려움이었다. 두려움은 어딘가에 고스란히 도사리고 있던 것처럼 불쑥 튀어나와 심장을 방망이질치게 하고 손을 후들거리게 만들었다.

"가서 소식 전할게요. 이제 가야 해요. 그리고 고마워요."

내가 대답할 새도 없이 여자는 전화를 끊었다. 나는 여자가 페리를 향해 걸어가는 모습을, 긴 계단을 오르고 배의 통로를 걸어가는 모습을 그려보았다. 우리가 연주하던 곳과 비슷한(페리는 대개 비슷비슷하니까) 홀과 바에서 시간을 보내며 그를, 그리고 나를 생각하는 여자의 모습도 그려보았다. 어쩌면 여자를 따라갔어야 하는지도 모른다. 여자와 함께 떠났어야 하는지도 모른다. 하지만 나는 그럴 수 없었다. 그것은 너무 늦었거나 너무 일렀다.

이튿날 라디오에선 배가 난파했다는 뉴스는 들리지 않았다.

등댓불

등대 안에는 우리 둘이 있다. 우리는 밤낮으로 주변의 바다를 주의 깊게 살피기 위해 서로 교대한다.

바다 한복판에는 등대가 드물다. 등대란 대개 방파제 끄트머리나 운하의 초입에 세워져 뱃사람들에게 항구, 그러니까 육지가 가까웠음을 알리는 까닭이다. 등대들이 외딴섬처럼 버려져 있고 그래서 더없이 고독한 것은, 해가 채 떨어지기 전 자동 신호기만 작동시키면 그것들 모두에 한꺼번에 불을 밝힐 수 있기 때문이다.

외딴섬 같은 등대에서 우리는 제자리를 지키며 바

다를 살핀다. 내 동료와 나는 오래 전부터 아는 사이이다. 매번 똑같은 사람과 짝이 되는 건 아니지만 그와 나는 일정한 간격으로 다시 만난다. 차례대로 돌아가다 보니 결국 전직원이 다시 만나게 되는데, 어쨌든 나는 그가 제일 나은 상대라고 생각한다. 이 일은 바다를 노려보거나 잠을 자면서 혼자 보내는 시간 못지 않게 동료와 함께 있는 시간도 많기 때문에 동료와는 사이가 좋은 것이 바람직하다. 특히 식사 시간은 이야기를 나눌 수 있는 기회이다. 그런데도 나는 그를 잘 모른다. 그가 나를 거의 모르는 것처럼.

그는 기혼이고, 내 아내가 시내에서 사는 반면 그의 아내는 해안에서 살고 있다. 이따금 그는 아내가 보고 싶은 듯 해안 언저리를 바라보곤 하는데, 나는 그의 그런 애착이 마음에 든다. 그에게는 두 살배기 아들이 있고 나에겐 아직 아이가 없다. 서둘러 아이를 갖고 싶은 마음도 없을뿐더러 내가 꼭 아내와 살아야 할 이유가 있는지 곰곰이 따져볼 때가 있는 탓이다. 하지만 떨어져 있는 시간이 더 많은 남편을 참

아주는 여자를 찾기란 쉽지 않은 일이다. 아내와 나의 재회는 매번 조금씩 더 뻣뻣해지고, 말문을 트는 데도 갈수록 많은 시간이 필요하다.

"등대가 한결 편해." 내가 말한다.

"그럼 아예 거기서 살지 그래요." 아내가 되받는다.

제각기 장방형이거나 정방형인 비슷비슷한 집들에 사는 사람들은 원형의 망루도 모르고 돌이 얼마나 견고한지도 모르고 수심에 대해서도 모른다. 그네들은 등댓불이 켜질 때 가슴이 얼마나 뛰는지도 모르고 임무란 게 뭔지도 모른 채, 자동차와 크레인과 화물 트럭들이 한복판을 달리는 길들을 왔다갔다한다. 정적이 뭔지도 모르고, 한밤중에 등댓불이 시커먼 바다 한 귀퉁이를 집어내 잠시 붙들고 있을 때의 고독이 뭔지도 모른다. 새하얀 빛줄기에 걸려든 바다는 어서 풀려나려고 몸부림을 치고, 그 실랑이는 어딘지 비현실적으로 보인다는 것, 태풍이 오기 직전의 위장된 잔잔함 속에서는 특히 더하다는 것을 그들이 알 턱이 없다.

“당신이 대체 뭘 하는지 모르겠어요. 그런 곳에서 지겹지도 않은지.” 아내는 늘 말한다.

내가 지겨운 건 바로 당신이라고, 아내에게 말해야 했는지도 모른다.

처음엔 나도 숱한 등대지기들이 거쳐간 아늑한 흰 침대에 누워 그녀의 몸을 꿈꾼 적도 있었다. 지금도 여자가 그리워질 때가 있기는 하지만 그건 꼭 아내가 아니어도 된다.

내가 지겨운 건 시내와 시내에 있는 이 아파트, 그리고 등대의 방들보다 널찍한 이 방들이다. 방들은 모양도 넓이도 제각각이지만 내게는 하나같이 좁게 느껴진다. 방들은 옹색하고 시내는 숨이 막힌다. 그나마 숨통이 트이는 유일한 장소는 술집이나 바의 카운터이다. 그곳으로 흘러들어온 사내들은 자기네 삶을 주절거리며 술을 마신다. 마실 만큼 마신 사람들은 멍청한 눈빛으로 잠자코 앉아 있다. 아내가 일하는 동안 내가 시내에서 표류한다는 것을 나는 이야기한 적이 없다. 우리는 대화를 하지 않는 것은 아니지만, 내가 제일 낫다고 생각하는, 그러면서도 서로 말은 거의 없는 그 동료 등대지기보다도 서로에 대해 아는 게 없다.

처음에는 나도 교대하고 뭍으로 나가는 순간을 기다렸었다. 임무를 이어받을 등대지기가 선착대에 닿기를 초조한 마음으로 기다렸었다. 하지만 이제는 다르다. 등대로 돌아가는 순간을, 정적과 바다와 하늘을 다시 만나고, 그 외의 것들은 아무것도 볼 필요가 없는 그 순간만을 애타게 기다린다. 보트에 오르는 순간 마음은 들뜨기 시작하고, 보트가 항구를 벗어나면 기분은 몇 갑절 가벼워진다.

저 위에서 우리는 바다를 쏘아본다. 그것이 우리의 임무이고 운명이다. 빈 바다를 노려보거나 청소를 하면서 주변의 배들을 안내할 빛이 점화되는 중요한 순간이 올 때까지 만물의 질서를 유지하는 것이 우리 일이다. 옛날의 등대들은 횃불을 썼으므로 폭풍이 불거나 바람이 크게 이는 날이면 계단 입구에 널빤지를 대야 했지만, 지금은 스위치만 누르면 된다. 하지만 이

심상찮은 작업에는 여전히 '뭔가' 가 깃들여 있는데, 임무를 완수하고 난 후에 맛보는 만족감이 그것일 거다. 우리의 하루는 바로 그 '뭔가' 를 향해 치닫는 것이다. 빛이 바다를 훑는 것을 볼 때마다 나는 『세상 끝의 등대』를 처음 읽었을 때처럼 흥분에 사로잡히고 (적어도 나는 그렇단 소리다. 누구나 그렇게 민감한 것은 아니다), 내 삶은 정당한 것이 된다.

하지만 유감스럽게도 이건 다 옛이야기가 되었는지도 모르겠다. 그런 시절은 이미 오래 전에 끝나버렸으니까.

그 일이 일어난 건 연중 최고 만조(滿潮)를 기록하는 추분을 넘긴 어느 가을밤이었다. 그 시기는 추분보다 외려 더 위험하다고 할 수 있는데, 바다가 잠잠해진 것처럼 보이는데다 조수의 차도 줄어들어 경계심이 느슨해지기 때문이다. 그날은 내가 철야로 자리를 지켜야 하는 날이었다. 밤이 하도 길어 한잠 자야 할 것 같지만 그럴 수 없는 날, 밤은 무르익었고 아침은 아직 먼 새벽 두세시 무렵이었다. 이따금 만사가 무의미해질 때가 있는데, 그러면 삶이란 결국 고통과 상실의 기나긴 물줄기와 같다는 생각을 하게 된다. 그럴 때면 다시는 못 만날 사람들이 떠오르는 모양이어서, 나도 한 처녀를 떠올리고 있었다. 어린애나 다름없었던 몇 년 전, 강렬한 눈동자(제대로 정의할 수는 없지만 그것은 아마 고독이거나 운명의 표지가 아니었나 싶다)에 반했던 플로라라는 처녀였다.

그녀의 수수께끼 같은 죽음을 전해들은 건 5월의 어느 저녁이었다. 유해가 끝내 발견되지 않았으므로 죽었다기보다는 사라졌다고 하는 게 옳을 성싶다. 먼 바다의 공기가 묻어 들어오는데도 그녀는 이 항구가 갑갑했던 모양이라고, 그래서 멀리 떠나고 싶었던 모양이라고 사람들은 단정했다. 내가 그녀와 이야기를 나눈 것은 딱 한 번이었는데, 그나마 아주 잠깐이었다. 그녀는 그때 자신이 오래 살지 못할 거라고 은근히 내비쳤다.

처녀의 생각에 빠져 있을 때 돌연 등댓불 속에서 곤경에 처한 듯한 배 한 척이 눈에 들어왔다. 바다는 그

다지 거칠지 않았고 파랑도 여느 때와 비슷한데도 배는 나아가지 못했다. 배가 조난 신호를 보낸 것도 아니고 내 무선 통신기에 메시지가 포착된 것도 아니었지만 배는 분명 바다와 실랑이를 벌이는 것처럼 보였다. 시간이 흘렀다. 등댓불이 다른 데로 옮겨가 그곳이 어둠 속에 잠기자 나는 플로라라는 처녀로 인해 난파선을 상상한 거라고, 꿈이라도 꾸었나보다고 생각했다. 몇 분이 또 흘렀다. 불빛이 몇 번 바다를 내리훑은 후에야 나는 마침내 확신했다. 내가 몽롱한 상태, 말하자면 바다와 잠의 중간쯤을 떠돌며 환상을 보게 만드는 반수(半睡) 상태에 있었던 게 아니란 것을. 배는 분명히 떠 있었고, 조난을 당한 것 같았다.

나는 육지의 통제 기지에 배의 위치를 알렸다. 그 배가 아직 기지에 아무 통신도 보내지 않았다는 말을 듣고 나는 잠자코 등댓불이 한 번 더 그곳을 훑어주기를 기다렸다. 그것은 제법 덩치가 큰 돛대 두 개짜리 레저용 요트였다. 항구로 돌아가려다 악천후와 조우하는 바람에 바다에서 예상보다 오래 머문 끝이었을 게다. 등댓불에 반사된 흰 돛들은 비현실적인 발광체처럼 보였다. 내가 꿈이라고 생각한 것도 그 환각적인 돛들 때문이었을 것이다.

기이한 것은 배가 움직이지 않는다는 사실이었다. 배는 앞으로 나아가지도 가라앉지도 않고 파도에 업혀 요동치면서 제자리에 수인(囚人)처럼 갇혀 있었다. 순간 그 배가 스스로 정박한 채 날씨가 좋아지기를, 아니면 구조선이 오기를 기다리는지도 모른다는 생각이 스쳤다. 해안이 아주 먼 것도 아니고 등대 주변이라고 바다가 잔잔한 것도 아니지만 어쩌면 그 배는 여기, 등댓불 속에서 안심하고 밤을 나고 싶었을 수도 있었다. 갑작스런, 그러면서도 정체성을 지닌 그 존재에는 뭔가 야릇한 구석이 있었다. 나는 내가 제일 낫다고 생각하는 동료를 깨우고 싶었다. 하지만 감시 초소를 떠나서도, 혼자 움직여서도 안 된다는 규칙이 있었다. 등대지기가 둘인 것은 서로 돕기 위해서가 아니라 어디까지나 교대를 하기 위해서였다.

돌연 거친 바람이 일었다. 폭풍이 불기 시작했고

요트는 기울어진 것 같았다. 나는 가슴이 거세게 뛰었지만 꼼짝 않고 바라보기만 했다. 나는 수평선을 노려보기 위해, 위험을 예보하기 위해 거기 있을 뿐, 어떤 개입도 할 수 없었다. 무슨 일이 있어도 등대를 벗어나서는 안 되었다. 설령 문제가 생긴다 해도 뭍에서 구조대를 보낼 것이며 더욱이 내게는 그들(분명 여러 명일 게다, 제법 큰 요트니까)에게 갈 수 있는 보트도 없었다. 나는 등대지기일 뿐이었다. 일을 시작한 지 몇 년이 되었지만 이런 상황에 맞닥뜨린 것도, 행동하고 싶은 충동과 아무것도 하면 안 된다는 의무감 사이에서 싸우는 것도 처음이었다. 나는 육지에 또 메시지를 보냈다.

"우리도 알아요." 그들이 말했다.

"연락이 됐습니까?"

"불가능해요. 저쪽 무선이 불통이오."

"누군가 보낼 겁니까?"

나는 배의 위치를 다시 일러주었다. 다행히 배는 더 기울지는 않은 듯했다.

"보트가 갈 거요. 계속 연락합시다."

나는 기다렸다. 기지에서 위치를 포착했고 곧 구조대가 가리란 걸 요트에서는 모를 테지만 나는 그들에게 아무 신호도 해줄 수 없었다. 게다가 아무리 살펴봐도 요트에는 그림자 한 자락 얼씬하지 않았다.

몇 분이 기이하게 흘러갔다. 몇 초였을 수도 있고 몇 시간이었을 수도 있다. 위층에서는 동료가 자고 있었다. 무슨 일이 벌어졌는지도 모르고 태평하게 잠든 그가 부러웠다. 하지만 벌어진 사건이라 봐야 그저 조난 직전의 배가 한 척 있다는 것이고, 그런 일은 바다 한복판, 더욱이 이런 불안정한 해역에서는 흔해 빠진 일이었다. 그런데도 무슨 까닭인지 나는 조난의 위험보다 더 불길한 어떤 조짐을 느꼈다.

나는 요트의 선체와 등댓불에 반사된 새하얀 돛들에 차례로 눈길을 던졌다. 그것들은 운명을 의미하는 영상이거나 광막한 공간에 내던져진 저마다의 고독처럼 보였다. 나는 홀린 듯 멀거니 있었다. 육지로부터 보트가 도착하는지 주시하면서, 배가 더 기운 것은 아닌지 가슴을 졸이면서.

순간, 요트 위에 그림자가 하나 나타났다. 어둠 속에서, 키가 아주 큰 그림자가. 등댓불이 그쪽을 훑을 때 나는 마침내 또렷이 보았다. 공포에 질린 한 사내의 창백한 얼굴을. 걷잡을 수 없는 불안이 엄습했다. 나는 누군가 죽음의 위험에 처한 사람이 있다는 것을 직감했다. 불과 백 미터밖에 떨어져 있지 않은 나는 아무것도 할 수 없었다.

나는 재차 뭍에 연락했다.

"보트가 갔소." 그들이 말했다.

그들의 건조한 어투가 나는 마음에 들지 않았다. 요트는 더 가라앉은 것 같았다. 나는 동료가 잠들어 있는 위층과 나 사이를 가로막는 계단들을 달려가 그를 깨우고 싶었다. 하지만 그럴 수 없었다. 나는 의무감과 공포심에 사로잡혀 그 자리에 붙박인 채 곧 사라질 요트를 쏘아볼 뿐이었다. 언뜻 보였던 그림자는 사라지고 없었다. 나는 그림자가 틀림없이 구조를 요청했다고 믿었지만, 내 삶과 그 배의 운명 사이에 싹

텄던 관계는 이미 깨져 말소된 것 같았다.

배는 난바다로부터 돌아와 목적지를 눈앞에 두고 어떤 불가해한 이유로 항해를 멈춘 것이리라. 어디로 보나 그것은 몇 갑절 거친 파도에도 끄떡없을 튼튼한 배였다. 그림자는 어쩌면 조난 신호를 보내려고 다시 내려갔는지도 모른다(그렇다, 등대 주변에 비죽비죽한 바위들과 위험한 암초들이 도사린 탓에 가까이 배를 대는 게 불가능하다는 걸 알고서 말이다). 벌써 한참 전에 도착했어야 할 구조 보트는 어디에도 보이지 않았다.

그 배와 그렇게 가까이서, 백 년쯤 전에 숱한 사람들이 목숨을 잃어가며 세웠다는 돌벽 하나를 사이에 두고, 나는 파도와 바람을 피한 채 시커먼 바다를 바라볼 뿐이었다. 내가 아무리 애를 태워도 저 요트에 있는 사내의 심중은 알 수 없다는 걸 절감하면서. 그러자 불현듯 알 것 같았다. 우리는 아무것도 나눠 가질 수 없다는 것을. 인생은 멀고 또 고독한 길이며 그 길에서 우리는 결코 오지 않을 사람들을 헛되이 기다릴 뿐이란 것을.

요트는 위아래로 철썩이는 파도에 업힌 채 나름의 균형을 유지하며 안정을 되찾은 것처럼 보였다. 나는 키 큰 그림자가 다시 나타나기를 초조히 기다렸지만 헛일이었다.

모터 소리가 들리는가 싶더니 얼마 후 등댓불 속에 보트가 나타났다. 선원 하나가 내게 신호를 보냈다. 나는 안도감과 해방감을 동시에 느끼면서 회신을 보냈다. 요트는 더 가라앉아 절반만 물 밖으로 나와 있었다. 누군가 요트로 건너가는 것이 보였다. 그는 내 시야에서 사라졌다가 다시 나타났고, 얼마 후 아무것도 발견하지 못했다는 신호를 보내왔다. 우리는 무선으로 대화를 나누었다.

"아무도 없소."

"그럴 리가. 분명히 사람을 봤어요."

요트는 계속 가라앉았다. 아주 빠른 속도로, 막무가내로, 마치 구조 보트가 오면 침몰할 작정이었다는 듯이. 구조 대원은 타고 온 보트로 되돌아갔다.

"소리도 질러보고 구석구석 뒤져봤지만 아무도 없었소. 소지품 같은 것도 없고, 사람이 있다는 흔적은 아무것도 없어요."

"배가 저 혼자 떠내려왔을 리 없잖습니까."

"거 참, 모를 일이군요."

"철수할 겁니까?"

"그럼 우리보고 어쩌란 거요?"

요트는 이제 뱃머리만 겨우 떠 있는 난파선의 잔해에 지나지 않았다. 나는 충동을 억누르지 못하고 계단을 내달려 육중한 문을 열고 뛰쳐나가 선착대 위에 섰다. 바다는 생각보다 훨씬 사납게 날뛰고 있었다. 아니면 조금 전부터 파도가 갑자기 거세진 건지도 몰랐다. 파도가 등대를 때리며 하얀 물거품을 남겼다. 이제 배와 나 사이에 유리창이나 돌벽 따위는 없었다. 내 귓전에는 파도의 노호가 똑똑히 들려왔다. 하지만 나는 여전히 아무것도 할 수 없었다. 그 거리, 그러니까 그 큰 바다는 건널 수 없는 것이었다. 내가 바다로 뛰어든다 해도 그 배에 닿을 수 있을지, 그 배에 닿는다 해도 되돌아올 수 있을지 알 길이 없었다.

나는 선착대 위에서 파도에 젖은 몸을 떨면서, 막 사라진 요트를 향해 고통스럽게 눈길을 붙박고 있었다.

나는 동료가 깨기를 기다렸다. 모든 이야기를 해야 했다. 긴급 사태는 종결됐고 이제 남은 것은 내게 들러붙은 그 슬픔을 털어버리려고 애쓰는 것뿐이었다.

"바다에선 기이한 일이 일어날 때가 있지."

그가 말했다.

"분명히 사람을 봤다니까."

"누구나 자기가 원하는 대로 사라질 권리가 있는 법이야."

"사라져?"

"그것도 선택이지."

동료는 마치 요트의 사내를 알기라도 하는 듯, 무슨 일이 벌어졌었는지 처음부터 끝까지 훤히 꿰기라도 하는 것처럼 말했다. 요트에 타고 있던 게 마치 자기 자신이라도 되는 양 말하는 동료를 보며 나는 묘한 불안을 느꼈다.

이번엔 나도 뭍으로의 교대를 초조하게 기다렸다. 나는 비번인 밤에도 잠을 이룰 수 없었고, 때문에 철야로 자리를 지켜야 하는 밤에는 졸음에 시달려야 했다. 동료에게 그날의 일들을 더 얘기하고 싶었지만 그러지 못했다. 그는 자신이 할 수 있는 말을 전부 해버렸거니와 그 말들이 오히려 나를 두렵게 만들었기 때문이다.

보트가 도착하자 나는 서둘러 갑판으로 뛰어올랐다. 그날 밤 요트를 뒤졌던 선원과 눈이 마주쳤지만 우리는 항구에 닿을 때까지 한마디도 나누지 않았다.

나는 육지로 돌아와 시내에서 지내게 된 것, 그리고 아내와 재회한 것에 거의 만족을 느끼다시피 했다. 아내는 가쁨과 놀라움이 뒤섞인 얼굴로 나를 맞았고, 그날 밤 우리 몸은 새로운 열정에 들떠 서로를 찾았다.

"당신을 되찾은 것 같아요." 아내가 말했다.

함께한 적도 없는데 언제 잃었다는 것인지 나는 알 수 없었다. 하지만 내게는 새로 출발하고픈 마음, 흔한 말로 희망이라는 것이 일어나고 있었다. 바다를 잊고(바다에는 무서운 어떤 것, 완전한 상실이라 불러야 할 어떤 것이 있으니까) 육지의 삶으로 되돌아올까 생각해봤다. 하지만 유감스럽게도 내 마음을 끄는 직업은 없었을뿐더러 내가 가진 것이라고는 등대를 손보고 유지하는 데 유용한 전기와 기계 학위뿐이었다. 물론 뭍에서 전기 고장을 손볼 수도 있을 테지만 등대가 점화될 때 맛보는 흥분에 비하면 플러그나 퓨즈 따위를 만지는 건 김 빠지는 일이었다.

육지에서는 짐을 벗은 느낌이었다. 내 존재를 정당화시키지 않아도 되었고, 홀가분하게 살 수 있을 것 같았다. 그것은 내 운명에 대한 복수이자 사라진 요트에 대한 승리였다.

사내의 존재를 떨쳐냈으므로 나는 굳이 그 일을 아내에게 말하지 않았다. 아내에게 아무 말도 하지 않는 게 습관이 된 탓도 있었지만 무엇보다도 고통스런 환영을 되살리는 게 싫었다.

시간은 매우 빨리 흘러갔다. 나는 바에서 잠자코 다른 사람들의 이야기를 들었다. 나는 이제 그네들

같은 표류자가 아니었다. 나는 찬찬히 그네들을 뜯어보았다. 표류자들은 어떤 얼굴을 하고 있는지 궁금해졌다. 순간 이곳도 등대와 똑같다는 생각이 들었다. 그리고 그들이 하나둘 내 앞에서 사라지는 것이 보였다. 나는 홀로 남겨졌다. 그날 이후 다시는 바에 가지 않았다. 대신 나는 거리를 쏘다녔다. 거리를 걸으면서 저마다의 얼굴과 저마다의 몸뚱이 뒤에 감춰진 것이 무엇일까를 생각했다. 그들은 생생하게 존재하고 있었다. 누구 한 사람도 사라지거나 죽어야 할 이유가 있는 것처럼 보이지 않았다.

시간은 결국 흘러가고 상처는 아무는 법이라고 사람들은 말한다. 하지만 그것은 어느 순간 바다가 가장 날카로운 암초를 덮어버리는 것과 같다. 바다가 감춘 암초의 존재를 우리는 잠시 잊고 살지만, 그것은 착각에 불과하다. 물밑에 도사린 그것들이야말로 가장 위험한 놈들이다. 배들이 난파하는 것은 잠시 잊는 바로 그 순간, 그곳에서다.

마지막 밤이었다. 나는 이튿날 새벽에 돌아가야 했

다. 나를 등대로 데려갈 보트가 기다리는 항구로 가야 할 시간이었다.

"또 떠나는군요." 아내가 입버릇처럼 말했다.

"이게 내 인생이야."

"당신은 절대로 바뀌지 않을 건가요?"

난 바뀌었어, 당신이 알아채지 못했을 뿐이지, 라고 나는 말하고 싶었다. 하지만 상대방에 대해 아무것도 모르고, 이해받기 위해 일일이 초들어 말해야만 한다면 대체 같이 사는 의미가 뭐란 말인가.

"어쩌면." 나는 대답했다.

며칠을 시내에서 보낸 탓에 나는 지쳐 있었고, 그래서 떠나는 것이 아쉽지 않았다. 그렇지만 등대가 두렵고, 그 요트가 사라진 장소로 되돌아가는 것이 두려웠다. 잠들 수 없는 밤들과 잠들어야 하는 밤들이 두려웠다.

보트가 가까워질수록 가슴이 울렁거렸다. 보트에는 같은 선원들이 타고 있었지만 누구도 그날 밤의 이야기를 꺼내지 않았다. 만일 그들이 아는 게 있었다면 내게 말해주었을 것이라고 나는 생각한다.

수평선 위로 등대가 나타났다. 외딴섬 같은 등대는 또렷한 윤곽을 드러내며 틀림없이 거기 서 있었다. 주위의 바다는 기이할 만큼 잠잠했다. 얕은 파도가 규칙적인 리듬으로 바다를 때렸고 광막한 그 바다의 정적을 깨뜨리러 오는 배 한 척 없었다. 식료품이 먼저 등대로 올라갔다. 만에 하나 교대가 실패한다 해도 식료품은 무사히 전달되어야 하기 때문이다. 그 다음 내가 밧줄을 잡고 올라갔다. 뒤이어 나와 교대하는 등대지기가 내려왔다. 말수가 적은 그는 악수로 인사를 대신했다.

낮 동안 나는 청소를 하고 오래된 내장재에 왁스칠을 하고 기계를 점검하는 데 몰두했다. 그리고 마침내 밤이 되었다. 나는 무언가 나타나기를 기다리며 팽팽히 긴장한 채 내 자리를 지켰다. 나는 요트가 사라졌던 장소에 눈길을 붙박은 채 꼼짝도 할 수 없었다. 기다리기만 하면 요트가 다시 나타나기라도 할 것처럼. 내가 정말로 두려워하는 게 그 요트를 다시 보는 것인지 아니면 다시 볼 수 없는 것인지 분간할 수 없었다.

아무것도 나타나지 않았다.

셋째 날, 나는 더이상 신경을 쓰지 않기로 마음먹고 그 이야기를 다른 등대지기에게 들려주었다.

"꿈을 꾼 게지"라고, 그는 말했다. 전부 다 꿈이란 건지 요트에 있었다는 그 사내만 꿈이란 건지는 확실치 않았다.

"나도 그랬으면 좋겠지만, 보트의 선원들한테 물어보라니까."

"아무도 그런 말은 없던데."

"실종이 단 한 건도 없었다고?"

"내가 아는 한 없어."

나만이 어떤 사라짐의 유일한 증인이다. 나는 해야 할 일을 했으니 그날 일은 잊고 예전처럼 살아야 하겠지만, 그럴 수가 없다. 다른 사람들은 모른다. 그들은 모두 내가 지어낸 이야기라고 믿었고 심지어 나 자신까지 그렇게 믿게 만드는 데 얼마쯤 성공했다.

가까스로 잠이 들 때면 나는 그 배를 다시 본다. 그리고 나와 그 사내 사이에 싹텄던 관계를 회복한다. 그제야 비로소 나는 내가 완전하며 온전하다고 느낀다. 나는 이제 그 꿈만을 위해, 내가 보는 것과 느끼는 것이 일치하는 그 환영의 순간만을 위해 사는 꼴이다. 그리고 내일이면 다시 등댓불이 뭔가를(하나의 존재라도 좋고 하나의 사건이라도 좋다) 밝혀주기를 기다린다.

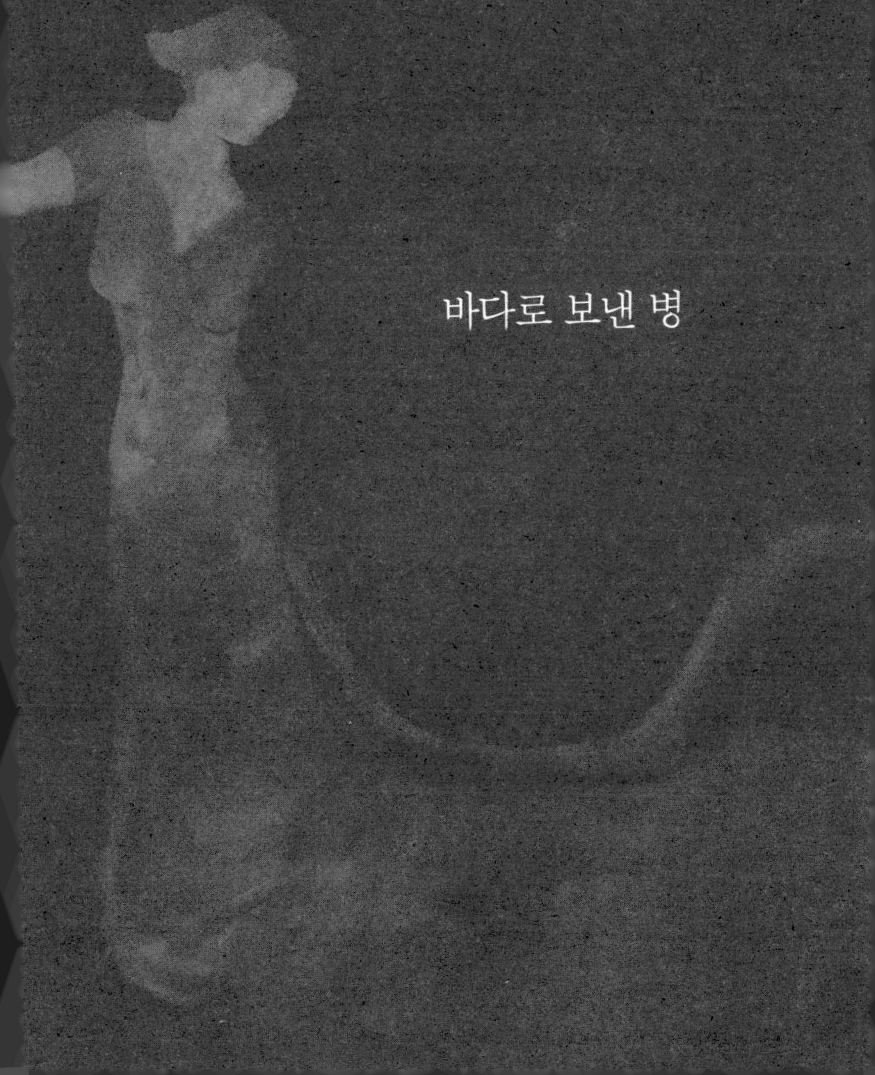

바다로 보낸 병

오래 전부터 우린 폭풍이 몰아치는 밤이면 바람이 우는 소리를 들으며 뜬눈으로 지샌다. 괴로운 생각들이 우릴 집어삼키고 바다가 바짝 다가와 음산한 숨을 내뿜으며, 우리 삶이 멈춰버린 몇 년 전의 그날 밤으로 우릴 끌고 가기 때문이지.

시간을 거꾸로 돌릴 수는 없지만, 그런 밤이면 우린 그날의 두려움을 다시 경험하며 어쩌면 아직 결판난 게 아닐지도 모른다는 생각을 한다. 더 나은 결과를 포함해 무슨 일이든지 다시 일어날 수 있다는 느낌에 사로잡힌다. 어떤 때는 비명들이 들리고, 그 속에 우릴 부르는 네 목소리가 섞여 있는 것만 같아 뛰쳐나가곤 한다. 하지만 밖에는 바람뿐이고 주위는 침묵에 잠겨 있지. 밤은 늘 비슷비슷하다. 특히 겨울밤은 너무 길어서 영영 아침이 오지 않을 것 같지. 마침내 아침이 와도 하늘은 잿빛이야. 우린 잠자코 서로의 얼굴을 건너다보면서 둘 다 널 찾고 있다는 걸 깨닫는다.

얘야, 네 방은 그대로란다. 네가 떠날 때와 똑같아. 아무것도 바꾸지 않았어. 조금씩 색이 바래가는 벽에 붙은 포스터도, 네가 좋아하는 영화와 음반 들에도 손을 대지 않았다. 그리고 우린 같이 시간을 보낸다. 회사의 조직 개편으로 둘 다 일을 그만두는 바람에 시간이 많으니까. 그래, 우린 아무것도 건드리지 않았단다.

네 형이나 누이하고는 네 이야기를 거의 하지 않는다. 그애들은 네 기억을 더듬는 걸 썩 좋아하지 않는단다. 참 이상하지, 형제들인데도 제각각 다르니 말이다. 넌 꼬마 때부터 바다에 사로잡혔어. 배운 적도 없는 수영을 너는 무척 좋아했지만 그 두 아이는 겁을 냈지. 마치 무슨 예감이라도 한 것처럼 말이다. 파도가 높아지면 그애들은 해안으로 달음질쳤지만 넌 바다로 거침없이 나아갔다. 사람들이 커서 뭐가 되고 싶으냐고 물으면 네 형은 사냥꾼, 네 누이는 선생님이라고 했지만, 넌 선장이 되겠다고 말했어.

넌 선원들의 제복, 니스 칠이 된 타륜(舵輪), 가장자리에 둘린 오래된 구리가 황금색으로 빛나는 브리지* 와 도도하게 솟은 돛대들, 그리고 검거나 흰 늑재(肋材)를 바라보며 항구의 배들 앞에서 몇 시간씩 보냈지. 네가 읽는 책들은 대개 『로빈슨 크루소』나 『보물섬』처럼 바다에서 난파를 당했다가 살아남은 주인공이 등장하는 이야기였고, 네가 제일 좋아한 인물은 『해저 2만 리』의 네모 선장이었어. 넌 그 멋진 배를 타고 해저를 탐험하는 상상을 하곤 했지.

네 형은 사냥꾼이 되지 않았지만 네 누이는 선생님이 되었다. 그리고 넌 선원이 되었어. 하지만 네모 선장의 배를 타고 해저 탐험을 하는 대신 트롤선을 타고

---

* 배의 상갑판 앞쪽에 있어, 선장이 운항 지휘를 하는 곳.

추운 바다를 항해했지. 너는 항해를 마치고 집으로 돌아와도 거의 입을 열지 않았어. 딱히 할 말이 없다고 했지. 바다는 그냥 바다라고, 그 바다에서 밤을 보내고 낮을 보낼 뿐이라고. 다른 게 있다면 파도가 높을 때도 있고 낮을 때도 있다는 것, 빗줄기가 거셀 때도 있고 약할 때도 있다는 것, 그리고 물고기가 많이 잡힐 때도 있고 덜 잡힐 때도 있다는 것 정도라고 했지. 그것이 네가 꿈꾸던 모험이었던 거니?

한동안 집에 드나들던 처녀가 있었지. 예쁘장한 처녀였고, 우린 그 처녀가 퍽 마음에 들었단다. 그 처녀가 언제부턴가 발길을 끊었는데도 우린 아무것도 묻지 않았어. 그렇다고 네가 전보다 슬퍼 보이지는 않았고 그래서 처녀는 그냥 잊혀졌지. 널 기리는 자리에 그 처녀도 부르고 싶었지만 그럴 수 없었다. 옛날에 살던 곳에 살지 않더구나. 어쩌면 그새 결혼이라도 했는지 모를 일이지.

네가 다시는 돌아오지 못한다는 걸 알면서 네 방으로 들어가는 것은 힘든 일이었다. 네 수첩을 뒤적이고 이미 신문에서 읽었을지도 모르는 네 소식을 알리기 위해 네 친구들에게 전화를 하는 것은 네 존재와 부재를 동시에 느껴야 하는 기이한 경험이었다. 네가 불쑥 나타나 멋대로 무슨 짓이냐며 화를 낼 것만 같았지. 겉장이 까만 그 수첩을 한 장씩 넘기자니 손이 떨렸다. 네 촘촘한 필체를 보면서는 도저히 전화를 걸 수 없을 것 같아서(글씨를 보면 네 목소리와 억양, 그래, 사람들이 못 알아듣기라도 할까봐 또박또박 끊어 말하는 그 말투가 떠올라서 말이다) 이름들과 전화번호들을 다른 종이에 베껴 쓰자니 가슴이 쿵쿵거리더구나.

네가 배를 타기 시작하면서 첫 몇 달은 잠을 잘 수 없었다. 바다에 나가는 아들을 둔 부모는 아무리 날씨가 맑아도 제 몸뚱이 한군데가 뿌리째 뽑혀 떠내려간 느낌이란다. 우리 부부처럼 양쪽 다 어부 집안에서 태어난 사람들에겐 더욱 그렇지. 우린 바다로부터 멀어져 좀더 안전한 삶을 살고 싶었다. 우리 삶은 아버지와 할아버지 들이 얼마나 처절하게 바다와 싸웠는지,

그리고 그네들이 결국엔 패배하고 모든 걸 다 포기할 때까지 그 싸움이 얼마나 줄기차게 되풀이됐는지를 증언하는 이야기들로 가득 차 있었으니 말이다.

얘야, 우린 제 몫의 제물을 요구하는 괴물과 바짝 붙어서 사는 느낌이었다. 어린 시절 조포(弔砲)라도 울리면 또 누가 바다에서 죽었구나, 라고 생각했지. 이따금 바다에서 죽은 게 아니라 병으로 죽었단 말을 들으면 외려 놀랄 지경이었어. 우리 가족 중에도 바다에 당한 사람들이 있었다. 바다는 삼촌들 몇을 데려가 다시는 만날 수 없게 만들었고, 네 할아버지 두 분도 파도에 휩쓸렸지. 그래서 우린 네가 그 길로 접어들기를 원하지 않았던 거다.

아마도 우리가 달고 살았던 불안감이 어떤 건지 네게 제대로 가르쳐주지 못했던 게지. 얘야, 날뛰며 일어서는 바다가 불길하게 생긴 절벽들을 삼켰다 뱉었다 하는 걸 볼 때마다 우린 두려웠다. 배가 한 척씩 떠날 때마다 어김없이 가슴이 조여들었고, 해안의 건물들을 보면 집채만 한 파도가 달려오면 맥없이 넘어갈

부실한 담벼락이라고 생각했지. 제방을 넘어온 바닷물이 해안 도로까지 밀려들어올 때면 바다가 빚을 받으러 왔다고 믿었다.

우리 세대에선 꽤 많은 사람들이 자기들 운명을 바꿔보려고 했다. 다른 곳으로 떠난 사람들도 제법 있었지. 우리도 그렇게 해야 했어. 도시로 나가 살았어야 했어. 하지만 달리 재주가 있는 것도 아니었고 혈통은 역시 어쩔 수 없는지 어장 관리 회사에서 일하는 걸로 주저앉았고 말았다. 타협이란 게 대개 그렇듯 그건 허술하고 엉성한 해결책이었지. 할아버지들에게 들은 말을 고스란히 되풀이했던 우리 아버지들의 말을 너에게 들려주려고 하면 넌 어깨를 추썩여 보였지.

"시대가 바뀌었어요. 요즘 배들은 훨씬 튼튼해요." 너는 말했다.

"바다는 바뀌지 않는 거란다."

어떻게 말해야 네가 알아들을지 모르겠더구나. 사실 바다에서 죽는 사람들에겐 여간해서는 증인이 없지 않든. 이따금 살아남은 사람들은 이렇게 말하지. 나란히 있었는데, 분명히 바로 옆에 있었는데, 어느 순간 아무도 없더라고. 사라지는 순간은 예측할 수도 없을뿐더러 불가항력이더라고. 도저히 설명할 수가 없다고.

그날 밤 스코틀랜드 먼바다에서 무슨 일이 일어났는지 우린 영원히 알 수 없을 거다. 하필 그날은 네가 다른 날보다 조심성이 없었는지, 네가 탄 배가 거기 있었던 건 고기를 많이 잡기 위해서였는지, 아니면 다른 배는 포기해도 너희들은 할 수 있다는 걸 증명해 보이고 싶어서였는지 영영 알 수 없을 거야.

시간이 그대로 멈춰버릴 것만 같았는데, 그런데도 몇 년의 세월이 흘렀구나. 그날 일은 우리 가슴에 새겨졌다. 사고를 알리는 그 전화를 받은 순간, 시간은 허공에 매달려버렸다. 가슴이 쑤시고 뱃속이 울렁거리고 눈앞이 시커매졌지. 얘야, 그동안 우린 분명 늙었지만 네 죽음이 후려친 곳만은 늙지 않더구나. 어떻게 해도 메울 수 없는 구멍이 뚫린 생살 그대로구나. 정확한 날짜를 떠올리려면 아직도 번번이 앞뒤를 계산하고 헤아려야 한단다. 마치 숫자가 머릿속에 들어

오기를 거부하기라도 하는 것처럼 말이다.

넌 네 생일을 축하해주는 것을 좋아하지 않았어. 사람들이 모이는 걸 썩 좋아하지 않는 아이였지. 선물을 뜯고 나서 넌 예의 바르게 미소를 지었지만 우린 알 수 있었단다. 잘못 골랐다는 걸. 어쨌든 그게 네 마음에 들지 않는다는 걸. 넌 뭐라 말하기 어려운 동경 같은 걸 품고 있었어. 아마 너도 뭔지 몰랐을 그것이 널 고독으로 밀어내고 있었지. 사람들은 대개 고독 속에서 자기를 실현하는 법이니까.

선물로 받은 장난감들은 한구석에 쌓였다. 그나마 배 모형은 성공한 축에 들었지만 넌 모형이 아니라 실물을 바라보는 걸 훨씬 좋아했다는 걸 한참 후에야 알아챘단다. 그러니까 너를, 그리고 늘 다른 곳을 보는 것 같던 네 눈동자를 되새기면서야 알 수 있었지. 네 그 눈동자가 우릴 건너 더 먼 곳을 보는 것만 같아서, 더 먼 그곳에서 네가 찾던 게 우리의 한계와 모자람을 증언하는 것만 같아서 이따금 우리 가슴이 내려앉았다는 걸 너는 알고 있니?

그 전화가 걸려온 후 우린 옛일들과 네가 했던 말들을 떠올리면서 많은 저녁 시간을 보냈다. 이 늙은이들의 기억이 늘 일치하지는 않았다만 결국 네 삶의 마디마디를 다시 짜맞출 수 있었고, 우리가 몇 번 문턱까지는 갔어도 끝내 발을 들여놓지 못했던 곳으로도 들어가볼 수 있었다. 네가 어떤 사람인지를 우리가 얼마나 제대로 알아맞혔는지, 우리가 널 얼마나 깊이 이해하게 됐는지 네가 나타나 봐줬더라면 정말 좋을 텐데…… 얘야, 실은 네가 우릴 꼭 닮았다는 걸 알면 너도 놀랄 거다.

하지만 그러기엔 좀 늦었지. 게다가 네가 만일 사라지지 않고 우리와 같이 있었다면 우린 그 모든 걸 생각할 시간을 절대 갖지 못했을지도 모르지. 흔히들 그런 것처럼 너의 거죽밖엔 몰랐을 거다. 으레 존재하는 것은 그 존재만으로도 이미 너무 강렬해서 외려 진실을 못 보는 법이거든. 사람들은 그 존재의 이미지에 매료되고 환상에 이끌리지. 알맹이는 알아보지 못하고 번쩍거리기만 하는 광택에 반하게 마련이야. 다들 겉모양이 그 속도 드러낸다고 믿지 않니. 그러다가 존재하던 게 사라지면 그것을 알고 싶은 욕망, 이해하고 싶은 욕망만 남는단다. 그래서 오지도 않을 사람을 향해 팔을 뻗고, 결국엔 허무함만 맛보게 되지. 그러면서도 기다림과 도착과 출발을 또다시 만들어내는 거야.

바다에서 사고라도 당하고 돌아오면 너는 늘 방에 들어앉아 오랫동안 나오지 않았다. 자제심을 되찾기 위해서였던 거니? 하지만 대체 무엇을 자제해야 했던 거니. 식사가 준비됐다고 몇 번이나 부르고 방문을 두드려야 너는 식탁에 나타나 우리와 저녁을 먹었지.

네가 이끌고 온 침묵이 밤이 내리듯 저녁상으로 떨어졌다. 그럴 때의 너는 이방인이나 다름없었고 타인인 우리가 네게 닿기 위해선 노력이 필요했지. 그래서 우린 노력했단다. 적어도 노력할 방법을 찾곤 했어. 불행히도 그건 늘 과녁을 빗나간 화살처럼 헛된 것이어서 넌 여전히 침묵을 지켰고 우리끼리만 말해야 했지. 이웃과 친척의 소식을 넌 생일 선물을 뜯어볼 때처럼 무심한 얼굴로 들었다. 넌 식사가 끝나자마자 일어났고 우린 우두커니 앉아 남은 음식을 내려다보며 그것들이 뒤죽박죽된 삶의 찌꺼기 같다고 느끼곤 했지.

해마다 네 생일이 돌아오면 우린 아침에 바다로 나갔다. 그리고 널 기억하는 글귀를 적은 종이와 꽃 몇 송이를 넣은 병을 그 바다에 던졌어. 달리 묵상할 곳이 아무데도 없으니까. 늘 이 늙은이 둘만 말이다. 네 형과 누이가 알면 주책없다고 타박할 게다. 우린 잠자코 병이 멀어지는 것을 지켜보았다. 물마루를 올라타거나 파도 밑으로 사라지기를 반복하며 먼바다로 나아가는 것을 보면서 너에게 좀더 가까이 다가가는 기분이 되었다.

올해로 네가 가버린 지 꼭 십 년째구나.

십 년 전, 아들이 사라지는데도 손을 놓고 있었다는 생각에 밤마다 잠을 이루지 못했다. 그 흔한 불길한 예감조차 우린 없었거든. 그 시대만 해도 일기 예보는 지극히 단순했지. 놀랄 만한 사건들이 줄줄이 터진데다 사람들의 관심사는 바닷속에서 떠오른 전설의 도시들처럼 갑자기 우리 역사 속에 다시 등장한, 잊혀진

땅들에만 쏠려 있었으니까. 그날 밤은 우리도 네게 마음을 쓰지 못했던 거야. 우리의 기도가 부족해서 널 지켜주지 못했던 거야.

우린 집 안을 헤매고 다니다가 누가 먼저랄 것 없이 편지를 떠올렸지. 그러니까 몇 글자를 적어 꽃과 함께 바다로 보내자는 생각을 해냈어. 추분이 가까운 만월의 밤이었다. 당장 정원으로 나가 꽃을 꺾고 흰 종이에 몇 자 적은 다음 그것들을 병에 넣어 밀봉했다. 동틀 무렵의 희붐한 빛을 받으면서 우린 바다까지 걸어갔다. 꽤 한참 걸었지 싶다. 막 떠오르는 태양과 나란히 걸어간 그 긴 내리막길은 마음속에 걸려 있던, 그렇지만 우리도 미처 모르고 있던 화해의 가능성에 느릿느릿 다가가는 길 같았단다.

재건축중인 건물들을 지나쳐 바다 앞에 섰다. 그리고 바다를 봤다. 끊임없이 모습을 바꾸는 그 힘찬 바다, 출렁거리는 그 바다를. 그건 잔잔할 때조차 눈앞이 아찔해지는 공포와 찬탄을 한꺼번에 불러오는 힘을 감추고 있었다.

우린 거기, 바닷가에 있었다. 새벽이었고, 날씨는 불안정했지. 대양을 누빈 아들을 둔 최초의 아비와 최초의 어미처럼 우린 두 손을 맞잡았다. 그리고 같이 병을 던졌어. 병이 파도에 업혀 솟구치거나 떨어질 때마다 우리도 함께 움직였다. 덩달아 일어났다가 떨어지고 튀어나갔다가 들러붙었다가…… 죽음과 삶의 접점에 오르고 또 내려왔지……

해마다 우린 똑같은 침묵과 두려움 속에서 바다와 하늘의 낯빛을 살피며 그 일을 되풀이했다. 해마다 네가 사라지며 남긴 침묵에 사로잡혔고, 해마다 존재와 사물의 어떤 불가사의에 잇닿았다는 믿음을 얻었고, 해마다 둘이 손을 꼭 잡고 똑같은 비탈길을 올라 집으로 돌아왔다. 그러면 낮이 황폐한 전장처럼 펼쳐졌지.

우린 만성절*에 꽃으로 무덤을 장식하는 것처럼 병들을 바다에 던졌다. 우리에겐 바다가 곧 네 무덤 아니니. 시작도 끝도 모르는 광막하고 변화무쌍한 무덤.

---

* 카톨릭 교회의 모든 성인의 축일.

이따금 그 병이 파도를 타고 네 배가 난파한 장소에 다다를지도 모른다는 생각을 한 적도 있었어.

며칠 전, 먼 외국의 우표가 붙은 편지를 한 통 받았다. 누가 대체 이 늙은이들에게 편지를 보냈을까 생각하면서 봉투를 뜯었다. 봉투 안에는 정성껏 접힌 편지 두 장이 들어 있더구나. 한 장은 우리가 네게 보낸 첫 편지(매해 날짜와 주소를 적었거든. 책에 그렇게 하라고 되어 있더구나), 그러니까 십 년 걸려 우리한테 되돌아온, 약간 누렇게 변한 편지였다. 또 한 장에는 영어로 무어라 적혀 있었다. 우린 영어를 할 줄 모르니 이웃에 사는 교수에게 읽어달라고 부탁을 했지. '당신들의 편지는 노르웨이에 닿았습니다. 그 병을 노스 곶* 근처의 피오르드에서 발견했습니다. 두 분의 아드님을 떠올려봅니다. 안녕히 계십시오. 오스왈드 닐센.'

우린 네 지도책을 펼쳐놓고 페캉**에서 노스 곶에 이

---

* 노르웨이 최북부 마게뢰이 섬 북단에 있는 곶.

** 프랑스의 항구 도시.

르는 십 년에 걸친 그 기적 같은 여정을 손끝으로 짚으며 따라갔다. 병은 영불해협을 올라가 벨기에 네덜란드 독일 해안을 따라 북해를 건너갔거나, 아니면 단번에 바다 한복판으로 나아가 덴마크까지 간 거다. 병은 좀더 북쪽으로 올라가 북극해 끝을 향해 완만한 아치를 그리면서 노르웨이 해안선을 따라갔겠지. 그런 다음 노르웨이가 핀란드, 그리고 바다조차 얼어버리는 러시아의 북단과 가까워지는 해역으로 흘러가 바렌츠해*를 바라보면서 마침내 노스 곶에 닿았을 거야.

우리는 공간과 시간을 횡단한 그 종이를 바라보았다. 잉크는 조금 지워졌지만 여전히 멀쩡하더구나. 적힌 글귀도 그대로였다. 생일 축하한다, 에릭. 널 영원히 잊지 않을 거야. 아빠와 엄마는 너를 사랑한다. 해마다, 해마다 되뇌었던 그 말들, 그건 목적지에 도달한 것 같더구나.

네 지도책의 그 페이지에는 종이가 몇 장 끼워져 있

* 북극해의 일부로 노르웨이와 러시아 북서부 앞바다의 해역.

고 거기 네 필체로 그곳의 이름들이 적혀 있었다. 트론헤임, 나르비크, 함메르페스트, 노스 곶, 스피츠베르겐 제도, 무르만스크, 바렌츠 해, 카라 해, 베링 해협. 제각기 위도와 경도까지 곁들여서 적혀 있더구나. 다른 페이지에 끼워진 종이들엔 북극을 중심으로 한 북극권 해역의 이름들이 적혀 있었다. 그리고 책의 마지막 장에는 흰 종이가 한 장 끼워져 있었는데 그 한가운데 대문자로 '아트라 선장' 이라고 적혀 있었다.

우린 얼이 빠져 앉아 있었다. 네가 살았던 그 방에 네 목소리가 울리는 듯했다. 우린 네 책이나 소지품을 들추어본 적이 없었다. 그런데 우리가 보낸 편지에 넌 미리 대답을 남겨놨던 거야. 북극권의 바다들에 매료된 너의 꿈과 그 꿈을 실현할 준비를 하고 있었다는 흔적을.

일이 묘하게 돌아가, 뜻하지 않은 순간에 우린 네가 누구였으며 무엇을 원했는지, 우리 어깨 너머로 무엇을 바라보고 있었는지를 알게 되었다. 이제 우리 기억 속에 아로새겨진 찬 얼음 속의 그 항구와 바다의 이름들은 네 욕망의 정체가 무엇이었으며, 우리는 대체 누구였는지를 얼마쯤 보게 해주었다. 네가 너무나 그리웠지만, 너의 사라짐은 이제 더이상 끔찍하거나 헐벗은 것이 아니었다. 어떤 광대한 계획 안에 새겨진 것, 어떤 의미를 지닌 것으로 다가왔다.

비로소 마음이 가라앉더구나. 그 편지가 되돌아온 세계는 분명 네가 떠났던 세계는 아니었다. 평화로운 줄 알았던 나라들에서 전쟁이 일어났고, 조약이 깨졌고, 새 이름들이 나타나 옛 이름들을 지웠다. 세상은 변했어. 하지만 변하지 않은 게 하나 있었다. 우리가 네 앞에 있다는 것, 죽은 자식 앞에 살아 있는 아비와 어미란 것.

계속해서 병을 바다에 던지는 건 아무 의미가 없더구나. 그것들 가운데 하나가 목적지에 닿았으니까. 그건 마치 네 영혼, 아니면 우리의 영혼이 안식을 찾은 것과도 같았단다.

혼자라면

내 아우요, 누가 자기 아우를 죽이려고 하겠소? 라고, 나는 그들에게 말했다. 그들은 사고라고 결론지었다. 배 한 척에 두 사람, 폭풍, 한 사람은 죽고 한 사람은 생존, 그런 건 종종 있는 일이다.

"왜 바다로 나갔죠?"

"어렸을 때부터 아버지가 일요일마다 우릴 바다로 데려갔어요. 우린 바다에서 하루 종일 지냈고, 그 습관을 유지한 것뿐이오."

"날씨가 어떻든 말인가요?"

"날씨가 어떻든."

"당신은 독신이지만 동생은 결혼했죠? 아이들도 있었고."

"그렇소."

"동생의 가정 생활을 앗아가버렸군요."

"고집을 부린 건 그애였어요. 바다로 나가고 싶어 한 건 그 아이였단 말입니다."

"동생의 부인 말로는 그 반대라고 하던데요. 당신이 자신을 절대 받아들이지 않았다고 합디다."

"그녀 쪽에서 나를 받아들이지 않았던 거요. 우린 아버지와 약속을 했어요, 아버지가 세상을 떠도 그 일을 계속하겠다고."

"왜죠?"

"곧 죽을 사람 앞에서 한 약속이 어떤 가치를 갖는지 모릅니까? 죽어가는 사람한테 이유를 캐묻지는 않는 법이죠."

"부친은 무슨 일을 하셨죠?"

"엔지니어였소. 요트가 취미였죠. 하지만 요트야 말로 당신 인생의 전부였어요. 아버지는 주중에도 내

내 요트만 생각했고, 토요일엔 혼자 바다로 나갔어요. 일요일엔 우릴 데리고 갔구요."

"모친께선?"

"어머닌 이해해주셨어요."

"부친이 돌아가시고 나선?"

"일요일이면 어김없이 바다로 나갔어요. 우린 아버지 이야기를 했지만 둘의 기억이 꼭 일치하지는 않았죠."

"결혼을 한 적이 없으시더군요."

"그럴 필요를 못 느꼈으니까요."

"무슨 의미죠?"

"한 사람을 영원히 참아낼 자신이 없었소. 요트는 처음엔 취미였지만 점차 경주에 나가게 됐죠. 훈련, 원정 경기, 이런 건 안정된 생활과는 양립할 수 없죠. 하지만 난 결국 포기하고 다른 길로 나갔어요. 지금은 요트를 가르칩니다."

"왜 포기했습니까?"

"우승은 절대 무리라고 판단했으니까요. 들러리 역

은 체질에 안 맞습니다. 대신 요트 학교에선 꽤 주가를 올렸죠."

"그럼 동생은?"

"그애는 요트를 직업으로 삼을 생각을 한 적이 없어요."

"그는 엔지니어였죠? 부친처럼."

"그리고 아들도 둘이었소, 아버지처럼. 하지만 아이들을 바다로 데려간 적은 한 번도 없었어요."

"왜죠?"

"그럴 시간도 없었고 애들도 너무 어렸으니까요."

"아이들이 크면 당신이 바다로 데려갈 겁니까?"

"그럴 것 같지는 않소. 그애들 엄마가 그렇게 놔두지 않을 거고, 게다가……"

"게다가?"

"난 다 그만뒀어요. 휴가를 낸 상태고, 사실 일에 복귀할지 어쩔지는 모르겠소."

"사고 당일의 이야기를 해주시죠. 두 사람은 일요일 아침에 바다로 나갔죠? 날씨가 나쁜데도 불구하고."

"풍력계급 5라면 대단한 악천후도 아닙니다. 우린 훨씬 험악한 날씨에도 나갔으니까요. 더욱이 낮엔 모든 게 순조로웠소. 문제는 저녁이었어요, 돌아오는 길에……"

나는 아버지의 임종 때 나누었던 약속을 기억하고 있다. 한 가지 약속해라, 라고 아버지는 말했다. 앞으로도 변함없이 일요일마다 바다에 나가거라.

아버지는 뭍에서는 침묵으로, 바다에선 이야기로 우리 형제를 단련시켰다. 우리는 그 이야기가 우리 인생, 아니면 이 세상의 열쇠라도 되는 것처럼 귀담아들었다. 아버지가 아무 말도 않거나 말을 조금만 하는 평일들은 별 볼일 없이 흘러갔다. 대신 그가 수다스러워지는 일요일은 광채를 내뿜었고 그 빛이 며칠씩 갈 때도 있었다. 그의 이야기는 나와 아우, 그리고 아버지와 우리들 사이에 자명한 명제처럼 불멸의 관계를 만들었다. 아버지는 말했다. 우리가 당신 것이며, 당신 인생의 연장이라고. 우리는 당신이 가르쳐준 길을 가기 위해 존재하며 어머니가 우리에게 준

것은 아무것도 없다고. 이따금 우리는 누가 더 아버지를 닮았느냐로 옥신각신했다. 입씨름을 몇 번이나 되풀이한 끝에 어느 날 상속분을 나눠 갖기로 합의했다. 아우는 외모를, 나는 머릿속을 닮았다고.

"저녁에 무슨 일이 있었죠?"

"바람이 드세졌고, 어려운 통과점이 있었어요. 하지만 우리가 잘 아는 지점이었소. 아버지와 자주 갔었으니까요. 내가 키를 잡고 아우는 아딧줄*을 맡았어요. 배가 계속 놀게 하는 게 중요했죠. 그러다 갑자기 거센 파도가 우리를 덮어버렸어요. 난 일단 요트의 균형을 잡는 데는 성공했지만 시계를 회복했을 때 그애는 이미 없었소. 난 그애를 봤어요. 정말로 한순간 언뜻 본 것 같았소. 그런 후엔 아무것도 없었소. 아무도 없었어요. 사납게 일어나는 파도말고는. 그애가 사라졌을 만한 장소로 배를 움직여보려고 했지만 주변은 대혼란이었어요. 시퍼런 물마루에 흰 파도 거

---

* 바람의 방향을 맞추기 위해 돛에 매어 쓰는 밧줄.

품, 그리고 이미 어둠이 깔려 있었죠."

"그는 노련한 뱃사람이었던 걸로 아는데요."

"노련한 뱃사람들이 바다에서 얼마나 많이 죽었는지 아십니까……"

"그의 구명대가 발견됐죠?"

"그애는 구명대를 입은 적이 한 번도 없습니다."

"왜죠?"

"아버지도 입은 적이 없으니까요."

"그럼 당신은?"

"난 더 조심성이 많은 성격이죠."

"부친이 사망한 건……"

"이 년 전이오."

"그 후로 줄곧 매주 일요일 바다로 나갔나요?"

"그렇소."

"동생은?"

"그앤 휴가를 낼 때도 있었죠. 여름에는 삼 주일, 겨울에는 그보다 짧게. 그럼 난 혼자 바다로 나갔어요."

"동생하고는 몇 살 차이가 납니까?"

"세 살이오."

"동생의 부인 말로는, 동생은 바다를 좋아하지 않았고 당신이 강요했다고 합디다만……"

"제수는 아우를 제대로 이해하지 못했어요. 그애는 아버지처럼, 그리고 나처럼 바다를 사랑했소. 바다로 나가지 않았다면 우리에겐 뭔가 본질적인 것이 부족했을 거요. 제수는 우릴 하나로 묶고 있던 특별한 관계들을 받아들이려 하지 않았어요. 단 한 번도."

"당신네 형제 사이에 끼어들기란 쉬운 일이 아니었겠군요."

한번은 그녀가 이런 말을 했다. 그애와 내가 벽을 쌓고 있다고, 탄탄한 장벽을 둘러치고 있다고. 그애는 혼자 있을 땐 다감하고 개방적이지만 내 앞에만 있으면 딴사람이 된다고 했다. 뻣뻣해진다고 했다. 둔하고 철통같은 갑옷이라도 걸친 것 같다고. 그럴 때면 그가 두려워진다고 그녀는 말했다. 그애 마음속에 본인도 모르는 뭔가가 도사리고 있다는 게 그녀는 두려웠던 것이다. 그게 뭔지 자기도 설명할 수 없었기에 그애는 아버지나 내게도 일체 언급하지 않았던 것이리라.

우리가 같이 저녁을 먹은 날, 그러니까 바다로 나가기 전날의 일이었다. 이튿날 이른 새벽에 출발해야 했으므로 나는 그애들 집에 묵었다. 아우가 아이들을 재우러 가자 그녀가 말을 꺼냈다. 만일 아우가 알면 화를 내리라 생각하고 머뭇거리면서도 그녀는 결국 입을 열었다. 그녀는 내가 수수께끼의 열쇠를 던져주길 기대하고 있었다.

"수수께끼라뇨?"

"그 사람이 왜 돌변하는지, 그 수수께끼요."

"수수께끼 같은 건 없소. 한 뿌리에서 나온 가지들도 제각기 저 좋을 대로 뻗어나가죠. 어느 가족이나 마찬가지요. 닮은 점이 있는가 하면 다른 점이 있죠."

그 순간 아우가 돌아와서 대화는 끊겼고, 그 대화는 두 번 다시 이어지지 않았다. 그애가 죽기 몇 주일 전의 일이었다.

그녀가 품었던 의문과 그녀를 줄곧 사로잡았던 것

을 끝내 이해하지 못했다는 괴로움은 경찰의 조사를 받으면서 그녀에게 새삼 되살아난 듯했다. 그녀 자신은 남편을 이해하려고 애쓴 줄 알겠지만 실은 분석하려고 한 것에 불과했기 때문이었다는 걸 나는 알고 있었다. 그 사실을 일러주고 싶었는데 그 비극적인 사건 이후 그녀는 나를 피했다. 그녀가 나를 겁낼뿐더러 믿지도 않는다는 걸 나는 안다. 나를 체포해 법정에 세울 수 있다면 얼마든지 그렇게 했으리란 것을 장례식 때 그녀의 눈빛을 보고 알아챘다. 그 후로 나도 연락을 한 적이 없고 그녀도 연락이 없었다. 딱히 아쉬울 것도 없지만 어쨌든 도처에 충만한 그 반감의 출처가 그녀란 것을 나는 알고 있다.

이따금 사람들은 자기 탓인 불행의 책임을 타인에게 돌리려고 한다. 내 아우도 그런 경향이 있었다. 그애는 자신을 바다로 끌고 나가 인생을 망쳐놓은 아버지를 원망했다. 그 일요일 없이 살아가는 건 상상도 할 수 없었지만, 동시에 거기서 벗어날 수만 있다면 무슨 짓이라도 할 거라고 그애는 내게 말했다. 아버지가 죽고 나서 얼마쯤 시간이 흘렀을 때였다. 사람들은 제 고통 속으로 움츠러들기 전에 불현듯 속을 털어놓고 싶어지는 때가, 입이 절로 열리는 때가 있는 법이다. 그애는 꼭 죄는 코르셋을 입고 있는 기분이라고 했다. 그걸 좀 벗겨달라는 부탁이란 걸 나는 알아챘다. 하지만 제 손으로 하지 않는 한, 누가 그 일을 대신 해줄 수 있단 말인가.

"난 나대로, 넌 너대로 아버지와의 약속을 지킬 뿐이다. 난 너를 위해 아무것도 해줄 수 없어." 내가 말했다.

그애는 자기가 물에 빠져 허우적대는데도 팔짱만 끼고 있다며 나를 공박했다.

"한 가족의 일원이 된다는 건 결코 쉬운 일이 아니죠." 마침내 나는 그들에게 대답했다.

"지금은 아예 연락을 끊고 지내나요?"

"그렇소. 우린 아우를 통해서만 이어진 관계였으니까요."

"그럼 아이들은요?"

"난 그 아이들을 잘 몰라요."

"알고 싶다는 생각은 안 들던가요?"

"제수는 내가 아이들과 친해지는 걸 용납하지 않았어요."

"당신이 그녀와 친해지는 걸 용납하지 않은 것처럼 말이군요."

"사람들 머릿속에서 무슨 일이 벌어지는지는 아무도 모르는 법이오."

"당신이 항해를 계속하기로 결정한 순간의 이야기를 좀 해주시죠."

"달리 뭘 할 수 있었겠소? 난 최대한 빨리 돌아가 신고를 하고 싶었어요. 본격적인 구조대가 출동해 수색할 수 있게 말이오."

"당신은 현장에 있었으면서도……"

"요트는 조종 불능 상태가 되어버렸고, 난 혼자였어요. 그래도 용감하게 바다로 뛰어들었더라면 나도 그 애랑 같이 사라졌겠죠. 난 조난 신고를 했고, 보트 한 척이 떠났소. 물론 나도 그들과 함께 현장으로 되돌아갔죠, 몸이 녹초였는데도 불구하고. 헬리콥터까지 한 대 출동했지만 결국 그들도 포기하고 말았어요."

"그 후로는 한 번도 바다로 나간 적이 없나요?"

"한 번도 없소."

"그럼 그 약속은?"

"그건 두 사람이 같이 한 약속이었어요. 이렇게 된 마당엔 아무 의미도 없죠."

일체감은 깨졌다. 그 현장을 떠나는 순간 홀로 갑판에 서서 나는 그렇게 느꼈다. 그것이 속 쓰린 이별인지 홀가분한 해방인지 분간할 수 없었지만 난생 처음으로 혼자란 기분이 들었다. 남이 낸 길을 따라가는 것이 아니라 내 길을 걷는 기분. 야릇한 감정이었다. 나는 그애가 했던 말의 의미를 알 것 같았다. 내가 들어줄 수 없었던 그 부탁은 둘 중 하나가 죽었을 때나 가능하다는 걸 비로소 이해했다. 둘이 같이 있는 한 우리는 아버지와 함께했던 그 인생을 반복할 수밖에 없었다. 둘을 앞뒤로 세워 묶은 그 약속이 지켜지려면 제각기 상대를 주시하며 과거의 틀 안에서 살 수

밖에 없었으리라. 어쩌면 바다를 진정으로 사랑한 것은 그애였을지도 모른다. 그애는 나보다 더 자유로웠고, 내가 가까스로 눈치채기 시작한 것들을 그애는 일찌감치 내다보고 있었다.

그들은 내게 이것저것을 물었다. 그 물음들에 내가 성실하게 대답했다고는 할 수 없다. 나는 내가 알지 못하는 것을 아는 척했다. 나 자신, 내 아우, 나아가 우리들의 역할에 대해 훤히 아는 시늉을 했다. 하지만 그들은 내게서 아무 고백도 듣지 못할 것이다. 깨진 그 일체감과, 우리 몸뚱이가 곧 성벽이었던 그 요새와, 두 아들을 당신 곁에 붙들어매고 그 아들들의 삶을 가로막으려 했던 아버지의 욕망에 대해선 무엇 하나 털어놓게 만들지 못할 것이다.

"배는 누구 소유죠?"

"아버지 것이었어요."

"부친의 사망 후엔?"

"아우와 내가 공동으로 상속했죠."

"배는 어디에 보관했죠?"

"내가 일하는 요트 학교요. 그게 편리했어요, 아우도 거기서 가까운 데 살았으니까."

"지금은?"

"거기 그대로 있어요. 하지만 이미 말했듯이 그 후로는 한 번도 배를 타지 않았소. 그날 밤 조금 손상되긴 했지만 아직 수리도 하지 않았죠."

상처는 활짝 벌어졌다. 그들에게 보여줘야 하는 건 바로 그 상처였는지도 모르지만 우리는 이방인들에게 속을 털어놓지 않는다. 그들은 이해할 수 없다. 그들과 우린 다른 속살과 다른 껍질을 가졌다고 아버지는 입버릇처럼 말했다. 우리와 닮은 사람들은 먼 과거에서나 볼 수 있지 요즘엔 찾을 수 없다고 했다. 요즘 사람들이 해면처럼 구멍이 숭숭 뚫린 영혼을 가진 데 반해 우리들의 영혼은 밀도가 높은 금속성이라고.

상처는 활짝 벌어졌다. 바닷물을 스며들게 만드는, 늑재를 할퀸 그 위협적인 흉터처럼. 그날 밤 돌아오는 길에 배가 떠내려가지 않은 것은 그야말로 기적이었다. 나는 속속들이 알고 있던 바위들에 수도 없이 부딪혔다. 바다에선 안다고 해서 위험을 피할 수 있는 게 아니다. 나는 내 아우를, 그리고 내 앞에 벌어진 일들을 생각했다.

우린 일체감으로 맺어진 가족이라고 아버지는 누누이 말했다. 맑은 날 잔잔한 바다 한복판에서 입을 열고 싶은 기분이 될 때면 아버지는 우리가 뭘로 빚어진 사내들인지 들려주었다. 유감스럽게도 몇몇 사람들은 아버지의 그런 행동을 못마땅해했다. 그들은 다름아니라 우리를 다소 거칠다고 생각하는 엄마와 외가 친척들, 그리고 아무것도 모르는 엄마의 친구들이었다. 그 사람은 널 방치한데다 네 아들들까지 훔쳤어, 라고 그들은 엄마에게 말했다.

우리는 엄마와 아버지가 벌이는 줄다리기 같은 존재였다. 주중에 엄마는 아버지를 밀어내고 우리를 차지하려고 안간힘을 썼다. 하지만 일요일만 되면 아버지는 그간 맡겨두었던 자신의 영역을 여유 있게 되찾았다. 너무 명료한 엄마의 이야기보다는 아버지의 침묵과 비밀이 한결 우리 마음을 끌어당겼기 때문이다.

일요일의 바다 나들이를 반대한 적은 없었지만 엄마가 그것을 반겼을 리는 없다. 우리가 돌아와 보면 엄마는 탐탁지 않은 얼굴로 입을 꾹 다물고 있었다. 월요일이면 모든 게 다시 제자리를 되찾아, 엄마 말을 들으면서 속으로는 아버지의 말에 귀를 기울이는 이중 생활이 시작되곤 했다.

전쟁에 나갔거나 제각기 바다나 육지로 모험을 떠났다는 조상들의 이야기, 영웅적인 교훈이 담긴 그 이야기를 들으면서 우리는 그네들을 넘어서고 싶었다. 우리는 어떤 경우에도 감정에 휘둘려선 안 된다는 것과 우리가 손을 털고 단념할 참이란 걸 드러내선 안 된다는 것을 배웠다.

처음엔 그들이 나를 의심하는 것이 느껴졌다. 아마 나보다 앞서 조사를 받은 그녀의 진술 때문일 것이다. 그녀가 내 탓이라고 생각한다는 걸 나는 안다. 그녀는 아버지가 세상을 떠난 후에도 계속 바다로 나가자고 고집한 건 나였다고 믿고 있으니까. 하지만 차차 그들의 관점은 바뀌었고 냉랭했던 어조도 풀어져

서 거의 부드러워지기에 이르렀다.

물론 밤이 되면, 특히 여간해서는 잠들 수 없는 밤이나 꿈속에서 그애를 다시 볼 때가 있다. 그럴 때면 번번이 소스라쳐 깨곤 한다. 그애는 평소와 똑같은 모습이다. 키가 훤칠하고(나는 작았으므로 그애의 큰 키가 나는 부러웠다), 옷차림도 세련됐다(나는 뭘 입어도 안 어울렸다. 혼자일 땐 그럭저럭 버텼지만 둘이 있으면 상대도 되지 않았다). 사춘기 무렵 나란히 외출하면 여자애들은 모두 그애한테 달려갔다. 그애의 젊음이 여자들을 대담하게 만들기도 했지만 그애는 풋내기일 때부터 여자들에게 말하는 법을 알고 있었다. 나는 매번 중얼거렸다. 나를 좋아하는 여자도 한 명쯤은 있을 거라고. 하지만 현실은 그렇지 않았으므로 나는 자위책으로 아버지의 말을 되새겨야 했다.

아버지는 말했다. 여자들이란 천성적으로 우리랑 다르다. 여자들은 손쉬운 데로 가게 마련이야.

그래서 나는 내가 손쉬운 상대가 아니기 때문이라고 나름대로 결론을 내렸다. 아버지처럼 나는 야성적인 기질을 가졌다고, 한마디로 진짜 사내라고.

눈앞에 다시 나타난 그애는 슬며시 웃었는데 그것이 날 비웃는 것인지는 알 수 없었다. 그애는 우리를, 나를 빠져나갈 궁리를 하고 있었다. 나는 최선을 다해 그애를 붙들었지만 여차하면 언제든 떠나버릴 거란 걸 알고 있었다. 그애는 내 불안과 경계심을 훤히 들여다봤을 텐데도 모르는 척했다. 그애가 없으면 내 삶은 맑았고, 길이 잘 보였다. 하지만 그애가 있으면 모든 게 뒤죽박죽이고 지리멸렬이었다.

"이걸로 끝입니다. 보충 심문이 필요할지도 모르니까 우리와 연락이 닿는 곳에 계시는 게 좋겠어요."

그들이 내게 말했다.

"내가 어디 있는지는 잘 아실 겁니다."

나는 썩 개운치 못한 기분으로 경찰서를 나왔다. 나는 기계적으로 질문들에 대답했는데, 그건 말하자면 자동 수로 안내 시스템을 따라가는 것과 비슷했다. 그들이 기대하는 대답이 무엇이며 결백하게 보이려면 어떻게 말해야 하는지 나는 알고 있었다. 하지만 나는 진정 결백한가.

그애도 나도 그것이 최후가 되리란 걸 모른 채 바다로 나갔다. 날씨가 나빴던 건 사실이지만 우린 폭풍을 좋아했다. 우리가 진짜 뱃사람이란 걸 확인하는 것도, 위험을 뚫고 배를 항구에 갖다댐으로써 삶이 의미를 갖는 것도 폭풍이 칠 때였으니까. 우린 별다른 이야기를 나누지 않았지만 돌아오는 길에, 그러니까 바다가 점점 거칠게 일어날 때 그애가 먼저 시작했다.

"바다에 나오는 건 이걸로 마지막이야."

"진지하게 말하는 거냐?"

"농담하는 것처럼 보여?"

농담일 리가 없다는 것쯤은 나도 알 수 있었다. 갑판으로 쏟아지는 물에 둘 다 몸뚱이가 흠뻑 젖은 채 쥐가 날 정도로 버티던 순간이었고, 말을 주고받으려면 거의 악을 쓰다시피 해야 하는 상황이었으니까. 우리는 각자의 작업에 집중했고, 곧 밤이 닥칠 터였다. 그런 순간을 그애는 속을 털어놓는 때로 선택했던 것이다.

"그럼 약속은?"

"그런 건 난 몰라."

"네 처 때문이냐?"

"집사람은 모르는 일이야."

그녀 탓이라고, 나는 확신했다. 그녀의 말, 그녀의 영향력, 그녀가 욕심내는 가족의 삶이라는 그릇된 열정, 그리고 나에 대한 거부감. 틀림없이 그녀다. 그녀를 처음 봤을 때 직감하지 않았던가. 언젠가는 기어코 터질 일이었고, 내가 한 일은 때를 늦추는 것뿐이었다.

"넌 날 버리는 거야. 우리의 모든 노력이 수포로 돌아갔어. 아버진……" 내가 말했다.

"내 앞에서 더이상 아버지 얘긴 꺼내지 마! 아버지는 평생 내 삶을 방해했어. 죽은 후에도 그렇게 하지는 못해. 난 지긋지긋해. 일체감이 어쩌고저쩌고 하는 장광설, 존재하지도 않는 것들을 지키겠다고 버둥거리는 짓. 난 더 못 해. 그만둘 거야."

"네가 그만두는 건 내 삶이야."

"엉터리 같은 소리 하지 마."

"내가 믿었던, 그리고 지금도 믿고 있는 모든 걸 내팽개치겠다는 소리야."

"형이 계속하지 못하게 막는 건 아무것도 없어."

"너랑 같이 하지 않으면 아무 의미도 없다. 내 아우랑, 누군가랑 같이 하지 않으면 의미가 없다고."

"애초에 형이 혼자라면 얘기가 달라질 거야."

혼자라면…… 그 말은 바람 속에서 흩어졌다가 파도에 부딪혀 메아리가 되었다. 언뜻 나는 바다 밑바닥을 보았다. 그 깊은 구렁 속으로 내 삶이 통째로 떨어지고 있었다. 그러자 시커먼 밤바다에 무한한 고독이 밀려왔다.

바다로 떨어진 그애의 몸뚱이는 소리를 내지 않았다. 날뛰는 파도에 업혀 그애가 다시 나타났다. 나는 우두커니 쳐다볼 뿐이었다. 그애를 구하기 위해 아무것도 하지 않은 채 그애의 필사적인 싸움을 눈으로 좇을 뿐이었다. 그애가 눈에서 완전히 사라진 후에야 나는 항구를 향해 배를 돌렸다.

옮긴이의 말

번역 일을 하다 보면 다양한 장르의 다채로운 작품들과 만나게 된다. 짧게는 한두 달, 길게는 몇 달에서 일 년 정도 한 작품과 씨름하고 나면 작품성이나 개인의 취향과 상관없이 고운 정 미운 정이 들게 마련이다. 첫눈에 반한 작품은 물론이고 호된 고역을 치르면서 작업한 원고도 출판사로 건너갈 즈음이면 더없이 사랑스러워지는 것이다.

세실 바즈브로의 단편집 『녹턴』은 번역자인 내게 각별한 느낌을 남긴 작품이다.

번역을 의뢰받은 것은 꽤 오래 전의 일이지만 초역

만 훌쩍 끝낸 상태로 원고를 줄곧 묻어둔 채 일 년 이상이 흘렀다. 그리고 올 봄에 다시 작업해 출간하게 되었다.

솔직하게 털어놓건대 일 년 전 이 작품을 처음 읽었을 때 나는 이 정도로 감동하지는 않았다. 고만고만하게 맡겨지는 고만고만한 작품이란 인상이었고, 밤배나 등대지기, 편지를 담은 병을 바다에 던진다든가 하는 소재들에서 어딘지 낡은 느낌마저 받았던 것도 사실이다.

그런데 이번에 몇 번을 거듭 읽고 또 수정하면서 나는 눈이 번쩍 뜨였다. 그리고 가슴이 뛰었다. 읽으면 읽을수록 나는 작품에 빠져들었다. 원고를 다듬는 내내 나는 자꾸만 번역자가 아니라 독자가 되어가고 있었다.

나는 출판사에 원고를 넘기기 직전까지 작품을 붙든 채 전전긍긍했다. 읽을수록 좋아지는데, 이걸 내가 오롯이 전달할 수 있을까. 제대로 하고 있는 걸까. 그 느낌은 원작을 최대한 충실히 재현해야 한다는 번역자로서의 의무감과는 분명 성질이 다른 것이었다. 번역해야 할 작품으로서가 아니라 한 권의 소설로서 나를 사로잡은 힘은 무엇이었을까.

바다를 테마로 한 네 편의 단편에 등장하는 인물은 하나같이 난파에서 살아남은 사람들이다. 직접 해난 사고를 겪은 사람도 있고, 현실인지 환각인지 분명치 않은 수수께끼 같은 난파 현장을 목격한 사람도 있고, 폭풍우로 가족을 잃은 사람도 있다. 그들이 겪는 고통은 틀림없이 난파와 관계가 있지만, 조금만 뜯어보면 난파를 당하기 전부터 이미 그들은 자기들 인생에 튼튼히 닻을 내리지 못했음을 알 수 있다. 침몰한 여객선에서 살아남은 후 뿌리를 뽑힌 듯한 나날을 보내지만 어차피 그 전부터 '빌린 삶'을 살며 뭍을 떠돌았던 연주자(「페리의 밤」), 가족도 헤아려주지 못하는 외로움 속에서 집보다 오히려 등대가 편안한 등대지기(「등댓불」), 폭풍에 휘말려 죽은 아들에게 쓴 편지를 해마다 바다로 던지지만 실은 일찌감치 아들과 단절된 삶을 살고 있던 노부부(「바다로 보낸 병」), 바다 한복판에서 동생을 잃지만 그로써 바다를 통해서만 이어졌던 뒤틀린 부자 관계와 형제 관계에서 놓여나는 사내(「혼자라면」). 그들은 다들 뭍에 내리지 못한 채 외로운 섬처럼 바다에 떠 있다. 그 황폐함의 주범인 바다에서의 죽음은 실은 뭍의 우리들이 언제라도 맞닥뜨릴 암초이기도 하다.

원작의 문체는 호흡이 매우 길고, 그래서 어디서부터 어디까지 이어주고 또 잘라줘야 할지 난감할 때도 있었다. 고무줄처럼 팽팽하고 옹골차면서도 불쑥불쑥 허탈하게 끊어지는 그 문장들에 나는 매료되었다. 나는 거듭거듭 작품을 읽었고, 그때마다 어김없이 아름다운 한 편의 꿈을 꾼 것 같은 환상적인 느낌에 빠졌다.

지극히 사적인 이야기지만 우리 아버지는 40년 이상을 바다에서 보낸 외항선 선장이었다. 몇 년 전 은퇴해서 지금은 육지 생활에 적응하느라 분투중이다.

40년 넘게 바다에서 보냈으니 한두 번 해난 사고나 난파를 겪지 않았을 리가 없다. 내가 어렸을 때의 일이라 자세히는 기억할 수 없지만 아버지도 멕시코 앞바다에서 난파를 당한 적이 있다. 배가 암초에 부딪쳐 멋대로 흘러가다가 근처 해안으로 올라앉아버렸던 모양이다. 사고에서 돌아온 아버지는 얼굴이 노란 채로 반 년 남짓 육지에 머물다가 다시 배를 타고 또 바다로 나갔다. 그것이 아버지의 직업이기 때문이었는지, 바다가 좋아서 기어코 떠났는지 나는 한 번도 궁금했던 적이 없었다.

작업을 하면서 모호한 부분이 있어서 나는 아버지에게 전화를 했다. 아버지는 내가 물은 것의 열 배 이상의 답을 들려주었다. 그러고도 모자랐는지 역시 수십 년을 바다에서 보낸 친구에게도 자문을 구한 후 다시 내게 전화를 했다. 나는 아버지가 정말로 뱃사람이었다는 걸 실감했다. 그리고 아버지를 평생 바다에서 살게 한 것이 뭐였는지 처음으로 궁금해졌다.

바다로 나간 아들의 마음속을 몰랐던 어느 부모처럼(「바다로 보낸 병」), 나도 바다로 간 아버지의 마음속을 몰랐다는 생각이 든다. 바다에 있었던 아버지와 물에 있었던 나는 외딴섬처럼 따로따로 살았는지도 모르겠다. 이 작품을 우리말로 옮기면서 아버지를, 그리고 아버지가 평생 건너다닌 바다를 어느 때보다 자주 떠올렸다.

이 소설을 만난 것은 번역자로서 또 독자로서 행운이라고 생각한다. 일정이 빡빡한 작업이었지만 피로감보다는 즐거움이 몇 곱절 컸다. 마음에 꼭 드는 작품을 제 손으로 옮길 때 번역자는 횡재한 기분이 되기 때문이다.

좋은 작품을 맡겨주신 문학동네 편집부에 깊이 감사드린다.

2006년 봄

홍은주

옮긴이 **홍은주**

이화여자대학교 불어교육학과와 동대학원 불어불문학과를 졸업했다. 『태양의 여왕』 『현자 프타호텝의 교훈』 『디오게네스의 햇빛』 『자신있게 살아라』 『80일간의 세계일주』 『쇼비타』 『코르토 말테제』 『지구를 걷는 아이』 『장 지오노 나의 아빠』 『사랑의 목소리』 등의 책을 우리말로 옮겼다.

문학동네 세계문학

녹턴

초판인쇄	2006년 3월 4일
초판발행	2006년 3월 14일

지 은 이	세실 바즈브로
옮 긴 이	홍은주
펴 낸 이	강병선
책임편집	김현주 김미정
펴 낸 곳	(주)문학동네
출판등록	1993년 10월 22일 제406-2003-000045호

주 소	413-756 경기도 파주시 교하읍 문발리 파주출판도시 513-8
전자우편	editor@munhak.com
전화번호	031) 955-8888
팩 스	031) 955-8855

ISBN 89-546-0117-0 03860

www.munhak.com